图说福尔摩斯中国变形记

战玉冰——著

团结出版社
UNITY PRESS

图书在版编目（C I P）数据

图说福尔摩斯中国变形记 / 战玉冰著 . 一北京：团结出版社 , 2025. 8. 一ISBN 978-7-5234-1718-8

Ⅰ . I561.074

中国国家版本馆 CIP 数据核字第 2025W9Q530 号

责任编辑：伍容萱

封面设计：阳洪燕

出　版：团结出版社

（北京市东城区东皇城根南街 84 号 邮编：100006）

电　话：（010）65228880 65244790（出版社）

（010）65238766 85113874 65133603（发行部）

（010）65133603（邮购）

网　址：http://www.tjpress.com

E-mail：zb65244790@vip.163.com

经　销：全国新华书店

印　装：北京启航东方印刷有限公司

开　本：124mm×170mm　36 开

印　张：5.5　　字　数：116 千字

版　次：2025 年 8 月 第 1 版　　印　次：2025 年 8 月 第 1 次印刷

书　号：978-7-5234-1718-8

定　价：48.00 元

序

本书聚焦1896年第一篇福尔摩斯探案小说被翻译引进中国，到2010年以来大量英剧《神探夏洛克》同人小说在中文互联网世界得到广泛创作与传播的百年历史。一方面，主要关注福尔摩斯在中国传播与接受过程中的一些重要且有趣的现象，比如《老残游记》中的人物竟然也会开口便提到“福尔摩斯”；晚清民国时期的中国作者们热衷于书写“福尔摩斯来中国”的讽刺小说或滑稽故事；福尔摩斯在当时不仅是文学人物形象，更进入媒体与商业领域，成为小报名称与香烟品牌；改革开放之初，叶永烈将侦探与科幻相结合，创作出“科学福尔摩斯”系列小说；甚至到2020年，香港作家莫理斯仍在续写“香江福尔摩斯”的传奇……福尔摩斯在百年中国的历史上不断“变形”，其中既包含文学类“型”，更涉及媒介“形”态。另一方面，除文字介绍之外，本书更多关注图像文本与视觉媒介形式，试图从书籍封面、杂志版式、小说插图、电影海报、影视剧照、商业包装、广告美术、连环画作、儿童绘本与同人漫画等不同历史时期的图像资料入手，以图带文、借图说史，用更直观的方式来重新讲述福尔摩斯与百年中国之间的复杂关联，是为“图说”。

本书的主要内容，脱胎于我此前在“澎湃新闻”上连载的专栏“中国福尔摩斯连环‘话’”（共13期），同时补充以更早前在《南方周末》上开设的文字专栏“百年中国侦探小说”（共11期）与音频节目“名侦探的诞生：解读百年中国侦探小说”（共28集）中和本书题目比较切近的一些内容，加之发表在推理MOOK《谜托邦：中国女侦探》中的一篇文章，全部加以重新修订，形成现如今的这本小书。在这里要特别感谢我在《南方周末》的编辑刘悠翔先生和“澎湃新闻”的编辑于淑娟女士，没有二位的大力支持和不断催逼，就不会有今天这本小书的完稿。同时还要感谢华斯比先生和刘臻先生，本书中很多稀见且精美的图片，都是二位侦探小说藏书家从自己的个人私藏中慷慨扫描并提供的。

最后，不同于我之前几本关于中国侦探小说史的研究著作所采用的略显晦涩的“论文体”，本书既然以在大众媒体上发表的专栏文章为底稿，自然也是想要力求通俗易懂一些。不过已经被论文写作“毒害”至深的我，专栏文章里或许也不能完全摆脱“论文气”，但好在还有百幅图像在旁，相信这本书中真正好看的是“图像”，而非“文字”。

是为序。

战玉冰

2024年10月8日

目 录

1 中国第一篇“福尔摩斯探案”小说翻译

1896 年（清光绪二十二年），浙江桐乡人张坤德在《时务报》第六期至第九期上连载了小说翻译《英包探勘盗密约案》，标为“译歇洛克呵尔唔斯笔记”。（图 1-1）这篇小说的原文是“福尔摩斯探案”系列小说中的 *The Naval Treaty*，今译《海军协定》。从此，侦探小说这一小说类型正式进入中国，并开启了未来 100 多年间中国作者、译者、出版者、读者与侦探小说之间纷繁复杂的牵绊与纠葛。

值得一提的是，《海军协定》英文小说原作，最早发表于 1893 年 10 月至 11 月，也就是说，在这篇小说英文版发表仅仅两年多之后，中国读者就已经可以阅读到它的中文译本。而日本关于这篇小说的翻译『海軍条約』则发表于 1907 年 12 月，比我们整整晚了 11 年。“福尔摩斯探案”系列中的另一篇名作《斑点带子案》（*The Adventure of the Speckled Band*），最早的日文译本『毒蛇の秘密』发表于 1899 年，而中

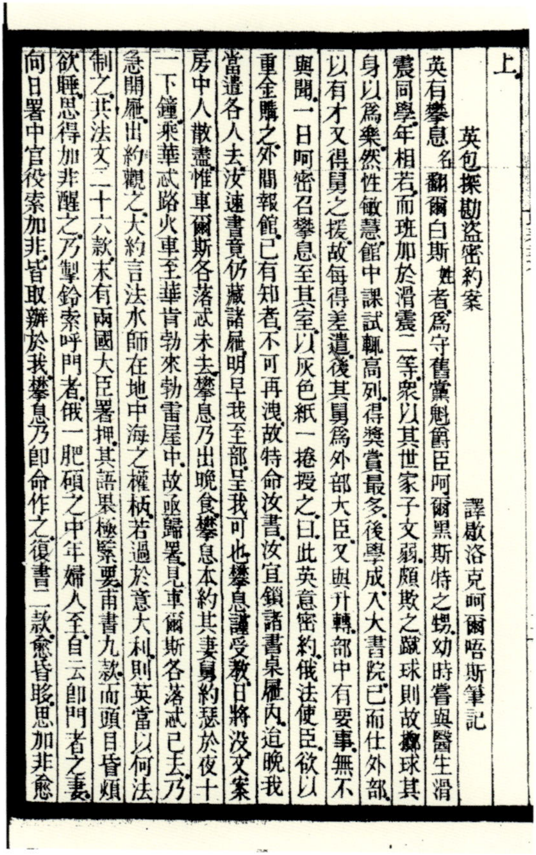

上

英包探勘盜密約案

譯歇洛克呵爾唔斯筆記

英有攀息名翻爾白斯姓者爲守舊黨魁爵臣阿爾黑斯特之甥幼時嘗與醫生滑震同學年相若而班加於滑震二等衆以其世家子文弱頗欺之蹴球則故蹴球其身以爲樂然性敏慧館中課試輒高列得奬賞最多後學成入大書院已而仕外部以有才又得舅之援故每得差遣後其舅爲外部大臣又與升轉部中有要事無不與聞一日呵密召攀息至其室以灰色紙一捲授之曰此英意密約俄法使臣欲以重金購之外間報館已有知者不可再洩故特命汝書汝宜鎖諸書桌屜內迨晚我當遣各人去汝速書竟仍藏諸屜明早我至部呈我可也攀息謹受教日將沒文案房中人散盡惟車爾斯各落忒未去攀息乃出晚食攀息本約其妻舅約瑟於夜十一下鐘乘華忒路火車至華肯勃來勃雷屋中故亟歸署見車爾斯各落忒已去乃急開屜出約觀之大約言法水師在地中海之權柄若過於意大利則英當以何法制之共法文二十六款末有兩國大臣署押其語果極緊要甫書九款而頭目昏煩欲睡思得加非醒之乃掣鈴索呼門者俄一肥碩之中年婦人至自云即門者之妻向日署中官役索加非皆取辦於我攀息乃即命作之復書二款愈昏眊思加非愈

图 1-1 张坤德译：《英包探勘盗密约案》，《时务报》第六期，1896 年，标“译歇洛克呵尔唔斯笔记”（图片来源：上海图书馆“全国报刊索引”数据库）

文译本《毒蛇案》则最早发表于1901年，略迟两年。整体上来说，中日两国最初在接受欧美舶来的侦探小说的历史过程，基本上是同步进行的，在不同作品的篇目选择与翻译时间上互有先后而已。

图1-1正是《英包探勘盗密约案》小说第一页的扫描图，其中我们可以看到图片右下角写着“译歇洛克呵尔唔斯笔记”。今天熟悉“福尔摩斯探案”故事的读者一定都知道，在柯南·道尔笔下，福尔摩斯探案的故事是借着其助手华生的视角讲述出来的，也就是小说中福尔摩斯负责探案，华生负责记录，所以正确的说法应该是“华生笔记”，张坤德在这里显然存在着理解上的偏差。需要注意的是，这是中国人第一次接触并翻译侦探小说，对这种小说类型的特点、结构、叙述视角等其实都不熟悉，更缺乏相应的阅读经验，所以才会出现这样的“误读”和“误译”。而等到后来张坤德翻译到第三篇“福尔摩斯探案”小说《继父诳女破案》（*A Case of Identity*，现在一般翻译作《身份案》）时，就准确地标上了“滑震笔记”。从中我们可以看出，当时中国译者翻译侦探小说的过程，也就是他们认识并了解侦探小说的过程。

另外，我们现在所熟悉的侦探夏洛克·福尔摩斯（Sherlock Holmes）和他的助手约翰·H. 华生医生（Dr. John H. Watson）这两个中文名字，其实是后来在不断被翻译的过程中，逐渐约定俗成的结果。在张坤德最早的翻译中，他将Sherlock Holmes翻译作“歇洛克·呵尔唔斯”，将Watson翻译作“滑震”。而在晚清民国时期，对于这对侦探与助手的中文译名可谓千奇百怪。除了“歇洛克·呵尔唔斯”之外，还有把夏洛克·福尔摩斯翻译成“歇洛克·福尔摩斯”或者“休洛克·福而摩司”的，更有甚者，直接将其翻译作“施乐庵”，也不知这位译者是不是在翻译的时候想起了“施耐庵”。而华生除了被翻译作“滑震”之外，还曾经被翻译作“屈臣”，这也提醒我们注意到，华生医生和屈臣氏（Watson）的创始人其实同姓，而这个将其翻译作“屈臣”的译者，也很有可能是一位广东人。

除了小说中的人物之外，作者柯南·道尔也有着各种五花八门的译名，简单列举一些，比如“爱考难陶列”“屠哀尔士”“顾能”“陶高能”“考南道一”“高能陶尔”“科南达里”“柯南达理”“科南达利”“亚柯能多尔”，等等。这种小说作者与书中人物译名的混乱现象，其实反过来说明了当时中国人翻译侦探小说的高涨热情。正如阿英所说，当时国内对于西方侦探小说翻译的整体情况是“先有一两种的试译，得到了读者，于是便风起云涌互应起来，造就了后期的侦探翻译世界”，“而当时译家，与侦探小说不发生关系的，到后来简直可以说是没有。如果说当时翻译小说有千种，翻译侦探要占五百部上”（阿英：《晚清小说史》）。正是因为翻译的繁荣、小说的流行、译本的复杂，“一书多译”的情况比比皆是，所以才会出现上述关于柯南·道尔、福尔摩斯与华生的各种奇怪译名。

比如我们现在都很熟悉的《血字的研究》（*A Study in Scarlet*），当时在短短几年间就出现了六种译本，分别是：《大复仇》（1904 年）、《恩仇血》（1904 年）、《血手印》（1904 年）、《歇洛克奇案开场》（1908

年）、《壁上血书》（1915 年）和《血书》（1916 年），其中除了林纾是根据这起案件在整个《福尔摩斯探案集》中的篇目顺序，将其翻译作《歇洛克奇案开场》之外，其他几位译者基本都在标题上凸显出“复仇”“血”“手印”等案件核心元素。“福尔摩斯探案”系列中另一篇《四签名》（*The Sign of Four*）在当时也有至少三种译本，分别是《唯一侦探谭四名案》（1903 年）、《案中案》（1904 年）、《佛国宝》（1916 年）（图 1-2 ~ 图 1-4）。其中《佛国宝》和今天通行的小说译名差距最大，这个译名其实指的是小说中的案件，最早可以追溯至当年英国在印度的殖民活动，而这里的“佛国”正是印度，这篇小说的译者也正是后来的五四运动干将刘半农。

这里最有意思的是关于小说《巴斯克维尔的猎犬》（*The Hound of the Baskervilles*）的翻译，其中 hound（猎犬）这个词让当时的译者们颇伤脑筋。根据小说中的内容来理解，hound 更接近于一种恐怖的狗，而当时在中文语境中提到猎犬或猎狗，人们更多会想到中国古代皇族权贵在围场狩猎时所使用的猎狗。译者们无法将小说里的 hound 和中国古代的猎犬联系在一起，于是他们将这篇小说翻译作《降妖记》（1905 年）、《怪獒案》（1905 年）、《獒祟》（1916 年）等，显然是将猎犬理解为某种传说中的妖怪或者藏獒一类的凶猛大型犬种。

现在我们都知道，柯南·道尔的《福尔摩斯探案》是全世界最流行的侦探小说，但侦探小说这种小说类型的发明者其实是爱伦·坡，他于 1841 年 5 月在《格雷姆杂志》上发表了世界公认的第一篇侦探小说《莫

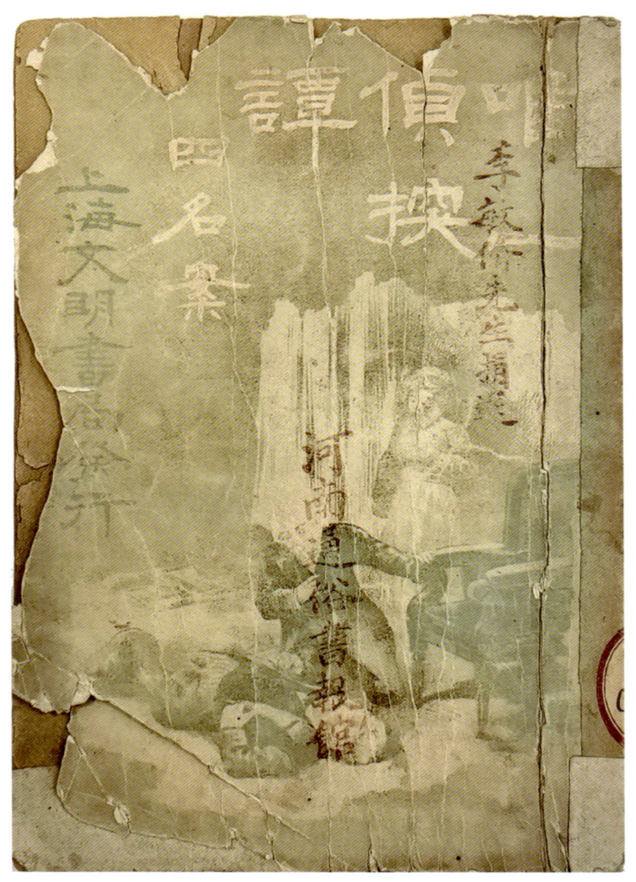

图 1-2 《唯一侦探谭四名案》，文明书屋，1903 年，署名“爱考难陶列著”，吴梦鬯、嵇长康合译（图片来源：华斯比私人收藏）

图 1-3 《案中案》，署“（英）屠哀尔士著，商务印书馆编译所译”，“说部丛书初集第六编”，1904 年 11 月初版，1913 年 5 月六版（图片来源：上海图书馆馆藏）

图 1-4 《佛国宝》封面，《福尔摩斯侦探案全集》（第二册），中华书局出版，1916 年，刘半农译（图片来源：“瀚文民国书库”数据库）

格街凶杀案》。当时中国的翻译者们对于爱伦·坡侦探小说的翻译热情虽然没有“福尔摩斯探案”那么高涨，但爱伦·坡的几篇侦探小说开创之作也都被先后引进国内。比如 1918 年 1 月中华书局出版的《杜宾侦探案》（图 1–5），就收录了爱伦·坡创作的四篇侦探小说，分别是：《母女惨毙》（今译《莫格街谋杀案》）、《黑少年》（今译《玛丽·罗杰疑案》）、《法官情简》（今译《失窃的信》）、《髑髅虫》（今译《金甲虫》）。这本书于 1932 年 9 月已经印到第七版，可见还是比较畅销且长销的。而更早在 1905 年，《女子世界》杂志就已经刊登过爱伦·坡《金甲虫》的翻译，当时的译名叫《玉虫缘》，译者署名“碧罗女士”。而这位“碧罗女士”其实并不是一位女士，而是赫赫有名的周作人。

最后让我们再次回到中国第一篇侦探小说的译者张坤德，他在翻译了《英包探勘盗密约案》之后，又连续翻译了《记伛者复仇事》（*The Crooked Man*，今译《驼背人》）、《继父诳女破案》和《呵尔唔斯缉案被戕》（*The Final Problem*，今译《最后一案》）三篇“福尔摩斯探案”小说，将侦探小说正式引进中国。但有趣的是，张坤德其实并不是一名专业的文学翻译，他在 1895 年中日签订《马关条约》时曾担任中方文件草约的翻译工作，后来则投身律师馆，成为了一名专业的法务翻译。而其翻译侦探小说，更多是出于一种机缘巧合。甚至当时发表这篇侦探小说译作的《时务报》，也并非一份文学刊物，而是由黄遵宪、汪康年、梁启超（图 1–6）等“维新派”人士创办的政论机关报。在一份政论性刊物上，经由一位法务方面的译者翻译引进了第一篇侦探小说，其

图 1-5 《杜宾侦探案》，中华书局，1918 年，署名“美国爱伦浦著”，常觉、觉迷、天虚我生翻译（图片来源：华斯比私人收藏）

图 1-6 梁启超像

中或许也有着某种偶然性之中的必然。也就是说，当时中国的知识分子其实并不是将侦探小说作为纯粹消闲的文学读物来看待，而是认为其具有普及现代法制、革新办案手段、传播西方文明的时代价值。翻译过《佛国宝》的刘半农就曾热情讴歌“彼柯南·道尔抱启发民智之宏愿，欲使侦探界上大放光明”，后来的“中国侦探小说之父”程小青也称“侦探小说是一种化装的科学教科书”。当然，这其实也都是一种对侦探小说的“误读”，是侦探小说自身所不能承受的时代责任之重。但就是在这份偶然与必然、误读与了解、大众读者趣味与知识分子期待的相互交织与角力的过程中，侦探小说第一次进入了中国读者的视野，并在此后的 100 多年间，诞生了大量本土的作家作品。中国人与侦探小说之间的精彩故事，从此正式拉开帷幕。

2 包拯与福尔摩斯交接班

上一篇我们说到1896年侦探小说借助翻译第一次进入中国，但在中国古代，其实也不乏查案、断案题材的小说，那就是以《包公案》《施公案》《狄公案》为代表的公案小说。这些小说最初在勾栏瓦舍，也就是茶馆天桥一类的地方作为说书人的故事素材讲给大家听，后来渐渐被记录、整理成文字，集结成短篇小说集，乃至发展为长篇小说。而这些小说的命名也往往有着统一的格式，基本上是负责破案的朝廷命官的姓氏加上“公案”两个字。比如讲包拯破案的故事就叫作《包公案》，讲狄仁杰破案的小说就叫作《狄公案》，此外，还有讲海瑞破案的《海公案》，讲施仕伦破案的《施公案》，等等，种类非常多。甚至后来很多公案小说和武侠小说相互结合，融汇成为侠义公案小说，比如著名的《三侠五义》，其中既有包大人破案的故事，也有展昭、白玉堂等人行侠仗义的内容。

中国公案小说与西方侦探小说虽然有着题材上的相似性，往往被混为一谈，但其实彼此间有很大不同。具体比较来看，公案小说更注重查案者的道德，强调负责查案的一定要是清官，甚至有时候会让人觉得，只要这个官员足够的清廉公正、铁面无私，就一定能让案件真相水落石出，而查案者的破案能力似乎是次要的，在小说中常常被一笔带过。西方侦探小说则更关注查案者的智慧，比如爱伦·坡笔下的侦探杜宾，很难说他在人品上有多么正直和高尚，杜宾给人的整体印象就是一个性格孤僻的怪人，但头脑极度聪明。更典型的例子当属人尽皆知的大侦探福尔摩斯，小说中福尔摩斯有很多不良嗜好，为了破案有时候也不惜要一点阴谋诡计，但他就是善于观察犯罪现场并进行过人的逻辑推理，甚至直接被华生比作“一架用于推理的机器”。

从基本世界观的构架上来说，公案小说诞生并发展于中国传统社会，颇有些奇幻色彩。比如明朝人写包公破案的小说中，包大人经常是借助冤魂托梦或者阴风指路来获得破案灵感，其中也不乏《乌盆记》这类相当恐怖的故事，以至于出现了“案不破，鬼相助”的民间说法。更有甚者，在一些《包公案》的故事中，还出现了包拯“白天断人，夜里断鬼”的情节，他俨然在阴阳两界都能够惩恶扬善。其实，当时人们大量创作公案小说，很重要的目的之一就是教化读者，也就是通过案件里包大人料事如神、无案不破，来提醒读者在现实生活中也不要作奸犯科，不然必定会被识破，然后受到惩罚。在这个意义上，加入一些鬼神相助的情节，更能凸显出“举头三尺有神明”“天网恢恢疏而不漏”的命运感，也更能强化小说的教育和威慑作用。

而西方侦探小说，最初就是作为娱乐消遣读物而出现的。当时正处在第二次工业革命时期，逻辑推理不仅是人们工作中的思维工具，也成了他们休闲时的益智玩具。这种小说在晚清时期传到中国，就出现了从中国古代公案小说到侦探小说的过渡，用一个比较形象的说法，就是“包拯与福尔摩斯交接班”。

正如上一篇所说，晚清民国时期以“福尔摩斯探案”小说为代表的西方侦探小说译作席卷了中国读者市场，面对这股潮流，当时的作家吴趼人就表现出一种不满的情绪。他亲自上阵，写了一本短篇小说集，并取名为《中国侦探案》。图 2-1、图 2-2 就是吴趼人《中国侦探案》的小说封面和版权页，上面还标有“南海吴趼人述”“广智书局印行”等字样。这本小说集出版于 1906 年，当时还是清朝光绪三十二年，距第一篇侦探小说翻译进入中国已有整整 10 年时间。经历了这 10 年里对于西方侦探小说的翻译、阅读和接受，中国本土的作家们开始不满足于仅阅读外国的侦探故事，而是想尝试写中国人自己的侦探小说。作者吴趼人（图 2-3）在全书的《凡例》中就已经说明：“是书所辑案，不尽为侦探所破，而要皆不离乎侦探之手段，故即命之为《中国侦探案》。谁谓我国无侦探耶？”表现出了作者试图写出中国人自己的侦探小说的野心，以及和西方侦探小说一较高下的决心。他还在书中呼吁读者：“请公等暂假读译本侦探案之时晷之目力，而试一读此《中国侦探案》，而一较量之：外人可崇拜耶，祖国可崇拜耶？”

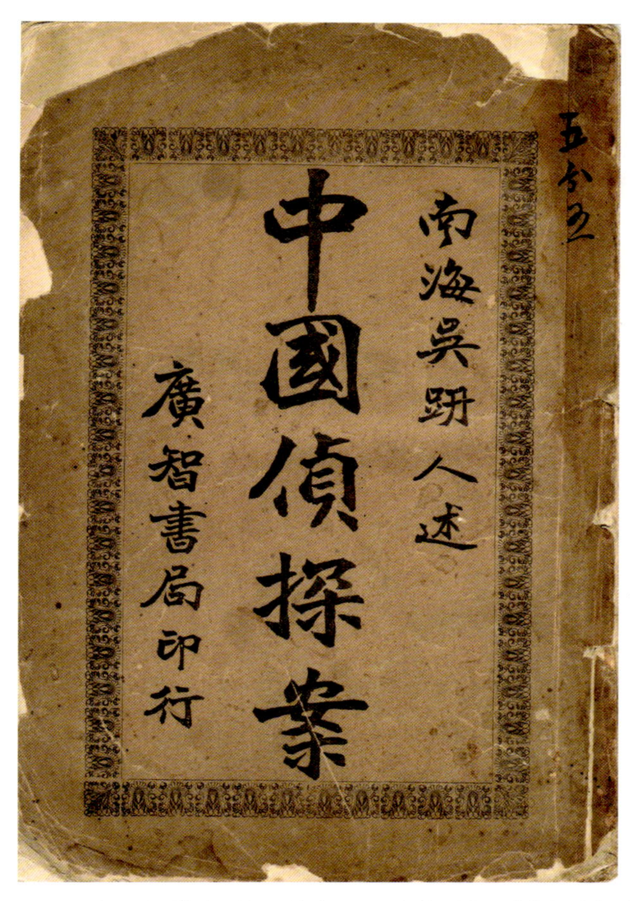

图 2-1 吴趼人：《中国侦探案》封面，广智书局，1906 年（图片来源：华斯比私人收藏）

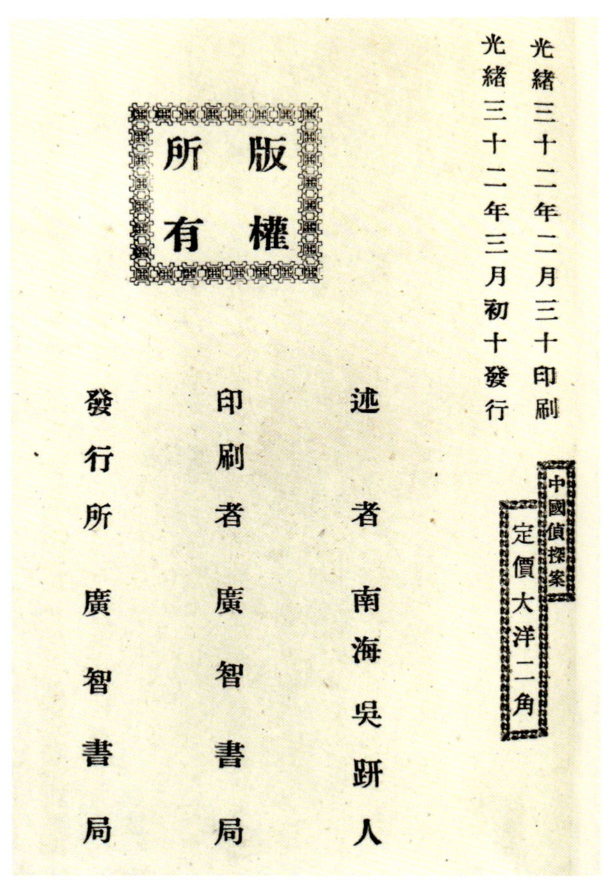
光緒三十二年二月三十印刷
光緒三十二年三月初十發行
中國偵探案
定價大洋二角
版權所有
述者 南海吳趼人
印刷者 廣智書局
發行所 廣智書局

图 2-2 吴趼人：《中国侦探案》版权页，广智书局，1906 年（图片来源：华斯比私人收藏）

图 2-3 吴趼人（别号“我佛山人”）遗像（图片来源：上海图书馆“全国报刊索引”数据库）

但实际上，吴趼人这本《中国侦探案》中的很多故事，都是对于中国古代公案小说的改写。比如其中《浦五房一鸡案》一篇，写一名从乡下进城的养鸡人，他带来的鸡不小心混到了肉食店浦五房所饲养的鸡群中，他想问店伙计要回而被拒绝，因此将其告上公堂。县令升堂后，分别询问了乡下人和浦五房伙计养鸡用的饲料，前者是野外放养，后者则专门喂一些糠秕谷物。然后县令下令杀鸡，一一剖开检验，发现大多数的鸡胃中都是一些还没有消化完的谷物，其中一只胃中却是沙石青草，并由此判断这只就是乡下人所饲养的鸡。

仔细追究下来，不难发现，这个故事的原型其实脱胎于《包公案》中的“大白鹅独处为毛湿，青色粪作断因饲草”。《包公案》里故事讲的是城里的养鹅人带着自己的鹅去乡下，不小心把自己的鹅混进了乡下的鹅群中，后来是通过检查粪便破案：城里鹅吃的是谷物，粪便呈黄色；乡下鹅吃的是青草鱼虾，粪便呈青色。清代褚人获的《钱若赓断鹅》一篇也延续了这个故事。吴趼人不过将《包公案》和《钱若赓断鹅》中的“鹅”改换成了“鸡”。甚至我们感觉《包公案》中粪便检验的方法还要比吴趼人后来的改编版本更为合理一些。毕竟在吴趼人的故事中，为了判断一只鸡的归属，就宰杀了所有的鸡，难免显得有点大动干戈，但还好其故事背景被设定在浦五房这家肉食品老店，那些被平白宰杀的鸡，最后也还是要放在店里售卖，不至于变成纯粹的浪费。

有趣的是，吴趼人的《中国侦探案》中还有一篇小说《控忤逆》。小说中婆婆状告儿媳妇虐待自己，后来县令命令两人同时催吐，才发现婆婆吐出的都是肉糜，而儿媳妇吐的都是菜糠，这就说明了婆婆平时吃的食物其实很好，反倒是儿媳妇餐食很差。这篇小说的情节和《包公案》中检查大白鹅粪便的故事如出一辙，只不过吴趼人在这里把检验对象由鹅换成了人。

整体上来说，吴趼人的这本《中国侦探案》相比于西方的侦探小说，还是更接近中国传统的公案小说，或者说吴趼人是在试图借助中国古代公案小说的故事和写法来创造中国本土的侦探小说。就连作者自己也承认“谓此书为《中国侦探案》也可；谓此书为《中国能吏传》也亦无不可”。当然，我们也能看到吴趼人《中国侦探案》与传统公案小说之间的很大不同。比如鲁迅曾经统计过《包公案》100 个故事中涉及鬼神的就有 63 则之多，占全书比重超过半数。而吴趼人则在书中特别强调“我国迷信之习既深，借鬼神之说以破案者，盖有之矣，采辑或不免辑此。然过于怪诞者，概不采录”。具体统计下来，在《中国侦探案》收录的 34 个故事中，有 11 篇涉及现场实地勘察或验尸，17 篇运用到了逻辑推理的思考方法，而仅有 4 篇涉及超自然力量（分别是《争坟案》《清苑冤妇案》《审树》和《犍为冤妇案》），占比仅为十分之一左右，已然是有了明显的改观。《中国侦探案》在古代公案小说向现代侦探小说转型的过程中，为我们呈现了一部颇为有趣的过渡性作品。

最后，我们回过头再来看清末民初时期的“包拯与福尔摩斯交接班”。其实，包拯、狄仁杰并没有“退休”。20 世纪五六十年代，荷兰汉学家高罗佩不仅将中国公案小说《狄公案》中的部分内容翻译成英

图 2-4 《狄公案》英译本封面 *Dee Goong An：An Ancient Chinese Detective Story*，高罗佩（Robert Hans Van Gulik）译，1949 年（图片来源：刘臻私人收藏）

文，还据此创作了著名的《大唐狄公案》系列（图 2-4、图 2-5），这是一部地地道道的侦探小说，狄仁杰也由此从公案小说中的清官、贤相，一跃变成了侦探小说中的"名侦探"。甚至直到今天，在《少年包青天》《神探狄仁杰》等影视剧作品中，也都采取了"旧瓶装新酒"的改编方式，用中国传统公案故事的人物、案件和时代设定，配合现代侦探故事的逻辑推理，这大概可以称为"对公案故事的侦探化改编"。在这其中，我们既能看到侦探小说情节的悬疑和精彩，也能领略中国古代公案小说中人物故事的代代相传、深入人心和不朽魅力。

图 2-5 高罗佩（Robert Hans Van Gulik）：《迷宫案》（*The Chinese Maze Murders*）英文版封面，1956 年

3 《福尔摩斯侦探案全集》与“福尔摩斯”牌香烟

在侦探小说进入中国 20 年后，1916 年 5 月，中华书局出版了《福尔摩斯侦探案全集》共 12 册，内收 44 篇“福尔摩斯探案”小说，并附有作者生平及三序一跋，堪称民国侦探小说出版史上的标志性事件，大概也可以视为晚清民国时期福尔摩斯热潮的高峰。图 3-1 就是该套“全集”第一册《血书》的封面，我们现在一般将其翻译作《血字的研究》。

对于这套“全集”，有三点值得说明：第一，此套所谓“全集”，必然不全，因为当时柯南·道尔尚且在世，“福尔摩斯探案”系列小说还在继续创作与发表。我们现在知道全部“福尔摩斯探案”系列小说正典作品一共包括 56 个短篇和 4 部中篇，当时这套中华书局版“全集”包含其中 44 篇，应该说还是收录了大部分作品。第二，这套中华书局版“全集”用比较浅近的文言文进行翻译，分别由严独鹤、程小青、陈

图 3-1 《血书》封面，《福尔摩斯侦探案全集》（第一册），中华书局，1916 年

小蝶、天虚我生、刘半农、周瘦鹃等10人合作完成，当时文坛上的一些著名人士如包天笑、陈冷血、刘半农等也都为该书作序，整套书影响力很大。第三，这套“全集”不仅畅销，而且长销。目前所见，该书1916年5月初版；1916年8月再版；1921年9月印行第9版；截止到1936年3月，抗战全面爆发前，已经整整印行了20版。

此外，这套中华书局版《福尔摩斯侦探案全集》也保留了鲜明的时代特色，除了使用文言翻译之外，还使用“归化”的翻译策略，将原作中的篇名译成更具本土特色的四字词语。比如《窗中人面》（*The Yellow Face*，今译《黄面人》）、《佣书受绐》（*The Stock-broker's Clerk*，今译《证券经纪人的书记员》）、《剖腹藏珠》（*The Adventure of the Six Napoleons*，今译《六座拿破仑半身像》），等等。与此同时，清末民初的福尔摩斯小说翻译者们，似乎也没有完全掌握给侦探小说取名的技巧。他们仍习惯于以传统的、概括故事大意的方式来为一部侦探小说命名，但这种处理方式往往带有标题“剧透”的嫌疑。比如我们现在都熟悉的《最后一案》（*The Final Problem*），张坤德1897年将其翻译作《呵尔唔斯缉案被戕》，而1916年中华书局版《福尔摩斯侦探案全集》中则译作《悬崖撒手》，二者都在某种程度上“剧透”了故事中福尔摩斯的结局。

除了小说翻译文字之外，中华书局版《福尔摩斯侦探案全集》还附有大量图像资料，可谓图文并茂。而且其中图像的使用与来源情况也是非常复杂。比如前文所述第一册《血书》的封面中，福尔摩斯等人

图 3-2 沃德 · 洛克 · 波顿公司出版的《血字的研究》单行本小说插画，英国插画家乔治 · 哈金森绘制，1891 年（图片来源：互联网）

合力制服凶手的画面，就来自乔治·哈金森（George Hutchinson）为沃德·洛克·波顿公司出版的《血字的研究》单行本小说所绘制的插画。（图 3-2）同时该册小说中译本中还附有“理想的大侦探福尔摩斯”（图 3-3）和“福尔摩斯生平之回溯”（图 3-4）两幅插画，其中微微谢顶的福尔摩斯形象来源分明是《海滨杂志》刊载小说《恐怖谷》中的插画（图 3-5），由画师弗兰克·威尔斯（Frank Wiles）绘制。更有趣的地方还在于，在“福尔摩斯生平之回溯”这幅插画中，还对很多“福

图 3-3 《血书》插画“理想的大侦探福尔摩斯”，《福尔摩斯侦探案全集》（第一册），中华书局出版，1916 年（图片来源：上海图书馆“全国报刊索引”数据库）

图 3-4 《血书》插画“福尔摩斯生平之回溯”，《福尔摩斯侦探案全集》（第一册），中华书局出版，1916 年（图片来源：上海图书馆“全国报刊索引”数据库）

图 3-5 《海滨杂志》上，小说《恐怖谷》插画中的福尔摩斯形象，弗兰克 · 威尔斯绘制，1914 年（图片来源：刘臻私人收藏）

图 3-6 《海滨杂志》上，小说《最后一案》的插画，英国插画家西德尼 · 爱德华 · 佩吉特（Sidney Edward Paget）绘制，1893 年（图片来源：互联网）

尔摩斯探案”小说中的名场面进行了还原和复现，比如图像下方所表现的“悬崖撒手”，就是福尔摩斯和莫里亚蒂教授在莱辛巴赫瀑布上格斗的场景（图 3-6），而这幅画却是出自西德尼 · 爱德华 · 佩吉特（Sidney Edward Paget）之手，也是福尔摩斯图像史上的经典之作。由此可见，当时中华书局版《福尔摩斯侦探案全集》的编译者们，是参考了国外各种福尔摩斯小说版本中的插画（包括杂志连载与多种单行本出版物），并将其汇总整合到了一起。所以我们说这本“全集”不仅是小说文字意义上的第一本“全集”，更是福尔摩斯图像意义上的第一本“全集”。

1926 年 10 月，世界书局又出版了《福尔摩斯探案大全集》，这一套“全集”收录了 50 个短篇和 4 部中篇，不仅对“福尔摩斯探案”系列小说全部用白话文进行了重译，较之中华书局 1916 年旧版还加上了新式标点和插图等内容。这套“大全集”最重要的策划者和翻译者是程小青，其余译者还有严独鹤、包天笑、顾明道、张碧梧、赵苕狂等。程小青后来曾披露过这次“重译”背后的一些内幕：

约在一九三〇年间，我为世界书局承担了编译《福尔摩斯探案大全集》的任务。……沈知方看准了这个生意眼，叫我把中华书局出版以后柯氏续写的“福尔摩斯探案”一起收罗在内，另外出一部《福尔摩斯探案大全集》，并把它们译成白话体，加用新式标点和插图，因为中华版是文言文，行销的对象还有限制。他知道我对侦探小说有偏爱，乐于承担这一工作，就压低稿酬，并限期半年全部完稿。我说柯氏的探案长短五十四篇，一共有七十多万字，半年时间无论如何完不了。沈知方却轻描淡写地说：“把文言的改成白话，化得了多少工夫呀？”就这样，说也惭愧，我竟依从了他的要求，除了我自己和顾明道等从原文译了一部分以外，其余的分别请朋友们当真把文言译成了白话，完成了这一粗制滥造的任务。（程小青：《我和世界书局的关系》，《出版史料》1987 年第 2 期）

也就是说，1926 年世界书局版“大全集”所谓“重译”，其实有很多篇目并非直接源自对英文原作的翻译，而是将 1916 年中华书局文言译本转译成白话文的“二手译稿”。当然，也并不是说这套“大全集”就完全不值一提，它的影响力也很深远，甚至很多我们现在仍然使用的福尔摩斯小说译名，比如《血字的研究》《四签名》《恐怖谷》等，最初就都是在这套“大全集”中被确定下来的（1916 年中华书局版“全集”中，这几篇分别被翻译作《血书》《佛国宝》《罪薮》）。

当然，这套“大全集”依旧不全，它仍然缺少了 6 篇“福尔摩斯探案”短篇小说。而中国第一套真正意义上的“福尔摩斯探案”小说“全集”，一直要等到 1934 年。世界书局版“大全集”以《福尔摩斯探案全集》（精装二册）重排出版时，程小青补译了之前缺漏的《狮鬣》（*The Lion's Mane*，今译《狮鬃毛》）、《幕面客》（*The Veiled Lodger*，今译《戴面纱的房客》）等 6 个短篇，才第一次做到全部翻译和收录了柯南·道尔创作的所有“福尔摩斯探案”小说。而从 1916 年中华书局“全集”，到 1926 年世界书局“大全集”，再到 1934 年精装重排版“全集”，《福尔摩斯探案全集》不断被重译和逐渐走向完整的过程，既是中国读者了解和接受西方侦探小说的过程，也是“福尔摩斯探案”小说翻译不断走向规范化的过程。

其实经过各种散见于报刊杂志和单行本图书的翻译，一直到“全集”与“大全集”的不断重译，福尔摩斯在晚清民国时期已然“出圈”，成为广为中国读者所熟知的文学人物。陈冷血就曾指出，“福尔摩斯者，理想侦探之名也。而中国则先有福尔摩斯之名，而后有侦探”，即福尔摩斯对于当时中国读者来说，已然成了侦探的代名词。比如在晚清谴责小说名著《老残游记》第十八回中，地方官员破案无能，白子寿请老残出马查案，并鼓励他说：“你想，这种奇案岂是寻常差人能办的事？不得已才请教你这个福尔摩斯呢！”就直接将“福尔摩斯”作为一个“梗”在小说作品中使用，而能够成为“梗”的前提条件，就是当时的读者都知道福尔摩斯。

又比如在晚清的狭邪小说《九尾龟》第二十二回中，写青楼里一男子对名妓金秀言听计从，小说作者就此感叹道：“说也奇怪，自有个茶花女的放诞风流，就有个收服他的亚猛，自有个莫立亚堆的奸巧诈伪，就有个侦缉他的呵尔唔斯。这也是新法格致家心理学中的一种作用。”这里的“莫立亚堆”就是我们今天熟悉的“莫里亚蒂”，“呵尔唔斯”就是“福尔摩斯”，作者在此处用这两位对手人物作比，大概有一种“道高一尺魔高一丈”“一物降一物”的意思。

1926 年，上海有一份名为《福尔摩斯》的小报创刊，一时间销路很好，影响较大。这份《福尔摩斯》小报主要登载的内容并非侦探小说，而是专门揭露一些不为人知的社会黑幕、名人八卦，或者贪腐新闻等。但其借用福尔摩斯之名，显然就是看中了读者心中大侦探福尔摩斯所具有的明察秋毫的能力。而在 1927 年 7 月 9 日，为了纪念《福尔摩斯》小报创办一周年，报社还专门请漫画家丁悚画了一幅福尔摩斯像，名为

图 3-7 丁悚：《魑魅遁形》，《福尔摩斯》1927 年 7 月 9 日（图片来源：上海图书馆“全国报刊索引”数据库）

《魑魅遁形》，颇有一种以福尔摩斯自比，令一切魑魅魍魉皆无所遁形的意思。图 3-7 就是丁悚所绘的这幅福尔摩斯画像，后来也收录在我编的《福尔摩斯中国奇遇记》（上海社会科学院出版社，2024 年）一书中，作为全书的辑封插图。

图 3-8 《“福尔摩斯”香烟广告》，《上海报》1933 年 11 月 6 日（图片来源：上海图书馆“全国报刊索引”数据库）

此外，福尔摩斯的影响力还不仅限于文学、传媒、出版，更是延伸到了商业领域。比如在民国时期就有一款名为“福尔摩斯”的香烟，而这款香烟的生产厂商则是中国福新烟公司。图 3-8 就是这款“福尔摩斯”牌香烟登在报纸上的广告，我们能看到图中福尔摩斯在躺椅上悠闲地抽着香烟，躺椅背后则是这款香烟的外盒包装。图 3-9 上还能看到这款香烟品牌当时正在举办的抽奖活动及奖金数额。更有趣的是，在 1931 年《玲珑》杂志第一期上，还刊登过一则“福尔摩斯香烟征文启事”（图 3-10），征文要求为“内容以福尔摩斯为主、以本烟牌为背景者最佳，其他只须有文艺价值者兼收”，而征文奖励则分为甲、乙、丙三种：“（甲）现金、（乙）香烟、（丙）本刊。”即一等奖发奖金，二等奖送香烟，三等奖赠一本杂志作为纪念。其中，一等奖奖金金额是“现金自二元至廿元，长篇另议”。也就是说，这款借了“福尔摩斯”之名的香烟品牌，也在鼓励它的用户们积极创作福尔摩斯的同人小说，形成了一种有趣的文学与商业之间的互动关系。1949 年后，中国福新烟公司并入国营上海烟草公司，后又被收归国有，改名为国营上海卷烟四厂。而我们现在也很难知道，当初有哪些关于福尔摩斯和香烟的精彩作品最终参赛并获奖了。

图 3-9 “福尔摩斯”香烟广告（图片来源：孔夫子旧书网）

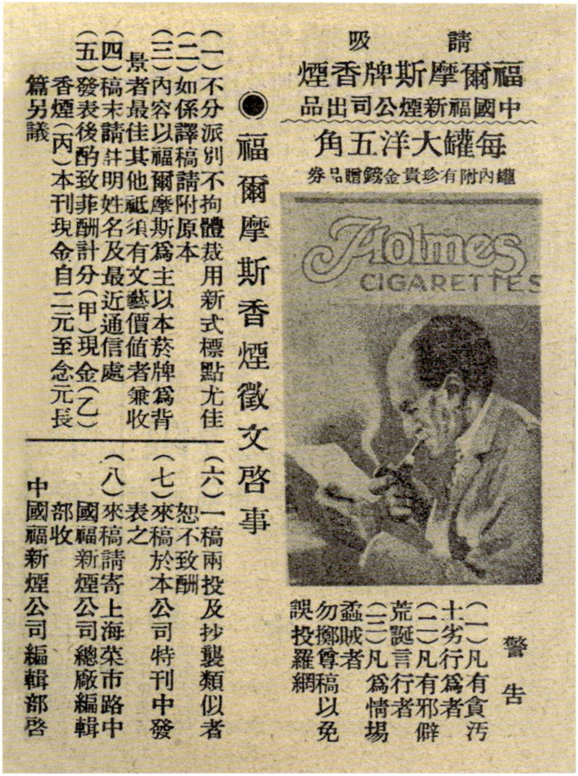

請吸

福爾摩斯牌香煙

中國福新煙公司出品

每罐大洋五角

罐內附有珍貴金鎊贈品券

Holmes
CIGARETTES

警告

(一)凡有貪汚土劣行爲者
(二)凡有邪僻荒誕言行者
(三)凡爲情場蟊賊者
勿擲尊稿以免誤投羅網

◉福爾摩斯香煙徵文啓事

(一)不分派別不拘體裁用新式標點尤佳
(二)如係譯稿請附原本
(三)內容以福爾摩斯爲主以本菸牌爲背景者最佳其他祇須有文藝價值者兼收
(四)稿末請註明姓名及最近通信處
(五)發表後酌致菲酬計分(甲)現金(乙)香煙(丙)本刊現金自二元至念元長篇另議

(六)一稿兩投及抄襲類似者恕不致酬
(七)來稿於本公司特刊中發表之
(八)來稿請寄上海菜市路中國福新煙公司總廠編輯部收

中國福新煙公司編輯部啓

图 3-10 《“福尔摩斯”香烟征文启事》,《玲珑》第一期，1931 年
（图片来源：上海图书馆“全国报刊索引”数据库）

4 福尔摩斯中国奇遇记

在侦探小说风靡中国，福尔摩斯作为神探形象被中国读者所人尽皆知的同时，一股“戏仿”福尔摩斯来华探案失败的小说创作热潮也正在悄然兴起。这股“戏仿”潮流的开山之作是陈冷血的《歇洛克来游上海第一案》（1904 年），刊登于当时号称“上海三大报纸之一”的《时报》上面（另外两份是《申报》和《新闻报》）。小说中福尔摩斯来到上海查案，想要在东方世界树立自己的侦探威名。他通过仔细观察来访“华客”（中国人）的牙齿颜色、手指老茧和面容状态等外貌特征，判断出其“吸鸦片”“好骨牌”“近女色”。不想却被“华客”反唇相讥，认为这些不过是“我上海人寻常事，亦何用汝探”，以致令“歇洛克瞠目不知所对”。小说紧紧抓住了柯南·道尔原作中福尔摩斯擅长通过观察他人身上的点滴细节并由此展开逻辑推理的核心侦探技能，表面上写福尔摩斯来中国探案失败，实则是在讽刺晚清上海的种种社会“怪现状”。陈冷血的好友包天笑显然是看到了这种写作方式中的乐趣所在，也亲自上阵，接龙写起了《歇洛克来游上海第二案》。陈冷血后来又写了“第三案”，包天笑又写了“第四案”……这股中国作家“戏仿”福尔摩斯的创作潮流，由此便一发不可收。

在这些“戏仿”作品中，包天笑的“第四案”（又名《藏枪案》）本土化细节做得比较有趣。小说写福尔摩斯认为民间私藏枪支是一个需要关注的社会问题，所以当他在酒馆里听到两个中国食客在讨论自己家中藏枪，并约定晚上回家一起鉴赏这些枪时，就决定亲自上门查办此事。不想晚上福尔摩斯破门而入之后，却发现其所藏之枪乃是各式各样的大烟枪，而非作为军火武器的枪，于是福尔摩斯只能感叹：“休矣！不图中国之枪，乃是物也！”“此又我来华侦案失败之一也。”这个由“多义字”（“烟枪”的“枪”和“火枪”的“枪”）所引发的乌龙事件，很好地抓住了汉字本身的特性，对当时中国人抽鸦片、收集各类烟枪的恶习展开了辛辣的批判，甚至我们可以从这篇小说中读出“烟枪”比“火枪”更可怕，更能够摧毁一个民族国家的言外之意。

这些小说虽然借用了福尔摩斯这个人物形象，但其本身并非侦探小说，而更接近于晚清时期批判社会现实的谴责小说（比如《官场现形记》一类），有的甚至完全脱离了案件和侦探等基本情节内容。比如陈冷血的“第三案”，这篇小说借用柯南·道尔原作中福尔摩斯有注射吗啡习惯的人物设定，令其在上海四处寻找吗啡以解自身的燃眉之急。然后福尔摩斯惊讶地发现，在当时的上海，买卖鸦片是违法行为，但购买成瘾性更强的吗啡却是合法的。因为当时中国人将吗啡作为戒掉鸦片毒瘾的“戒烟药”，而在药店里堂而皇之地出售，最终令福尔摩斯产生了“药欤？毒欤？且颠倒而莫能知矣，更罔论其他”的感叹。究竟什么是药品，什么是毒品，到底哪个危害更大，真是一片混乱。

如果说陈冷血、包天笑所写的更多是借福尔摩斯来批判晚清上海社会“怪现状”的讽刺小说或谴责小说，那么刘半农 1916 年所写的“福尔摩斯大失败”系列，则更接近于单纯的滑稽小说。在刘半农的五篇小说中，福尔摩斯或者被骗得“赤条条如非洲之蛮族”；或者被对手捆成了一个“大粽子”，只得大叫求饶；或者在“一点钟之内，连续失败三次”（先后被偷羊、偷马、偷衣服），并沦落到掏粪坑、吃巴豆的下场，其中透露出一股强烈的故意捉弄福尔摩斯的意味。图 4-1 就是胡寄尘主编《小说名画大观》重新收录刘半农的这组小说时，为其配上的插画，画师是民国著名漫画家钱病鹤（图像右下角有其落款“病雀”）。画中福尔摩斯在澡堂子里被骗走了衣服，只能光着身子坐在那里，完全没有了大侦探昔日的荣光，整个场面十分滑稽、尴尬。

这些小说在发表时即标明“滑稽小说”而非侦探小说，当时的读者也多半是将刘半农的这组“大失败”系列小说当作滑稽小说来看的，比如苏雪林回忆自己早年读刘半农这些小说时的场景：“民国三四年间，我们中学生课余消遣，既无电影院，又无弹子房，每逢周末，《礼拜六》一编在手，醰醰有味。半侬的小说我仅拜读过三数篇，只觉滑稽突梯，令人绝倒……”完全是将其作为学生时代的课余消遣读物来看待。

图 4-1 刘半农：《福尔摩斯大失败第二案·赤条条之大侦探》，见胡寄尘主编：《小说名画大观 23》中的相关插画

后来效仿刘半农的这种创作风格、继续恶搞福尔摩斯的作者笔名为“曼倩”（真实身份不详），这个笔名其实出自汉代名臣东方朔的表字（东方朔，字曼倩），而东方朔在历史上正是以性格诙谐、言辞机智滑稽而著称，《汉书》中称其为“滑稽之雄”，这位刘半农的“接班人”以“曼倩”为笔名，其滑稽、恶搞之用意，不言而喻。

我们想要继续追问的是，刘半农为何要以滑稽甚至于近乎挖苦的方式来改写福尔摩斯小说？一方面，刘半农其实是民国初年“福尔摩斯探案”系列小说进入中国最重要的推手之一，比如我们前面介绍过的《福尔摩斯侦探案全集》（上海中华书局，1916 年）的汉语译介过程中，刘半农就曾深度参与其中，甚至可以说是直接主持了这项翻译工作的展开。他不仅亲自上阵翻译了其中的《佛国宝》（今译《四签名》）一册，还为这套译书撰写了跋文和《英国勋士柯南·道尔先生小传》，并且在跋文中热情讴歌了柯南·道尔的侦探小说创作，称“彼柯南·道尔抱启发民智之宏愿，欲使侦探界上大放光明”。

另一方面，在“大失败”系列中，我们也能够看出刘半农对“福尔摩斯探案”系列小说原作非常熟悉（甚至远比陈冷血和包天笑要更为熟悉）。比如其注意到福尔摩斯“平时每出探案，必坐马车，车既有人控御，吾乃得借车行之余暇，思索案情”，并针对此专门设计出委托人写信要求福尔摩斯必须骑马赴约的情节，使得福尔摩斯没有机会在路上仔细思考案情，导致其更容易上当受骗。又如“大失败”系列中多次称华生为“蹩脚医生”（华生尝从军，左足受创），这也是根据“福尔摩斯探案”小说所生发出来的一个细节，体现出刘半农对小说原作有着相当的熟悉程度。

此外，刘半农的“大失败”系列中还处处有意关联福尔摩斯小说原作中的对应性细节，比如，写到福尔摩斯娶妻，就立马会“超链接”到《室内枪声》（今译《查尔斯·奥古斯都·米尔沃顿的故事》）中福尔摩斯为了偷信而假意与米尔沃顿的女仆订婚的情节；提到华生妻子的职业，则会立马翻出《佛国宝》（今译《四签名》）；当福尔摩斯在家被中国妻子骂到生不如死时，也会拉来《悬崖撒手》（今译《最后一案》）中福尔摩斯和莫里亚蒂一起跳悬崖的情节，来类比其此时的痛苦心情；涉及和照片有关的委托案件时，更会第一时间想到《情影》（今译《波西米亚丑闻》）和《掌中倩影》（今译《第二块血迹》）这两部与之题材相近的小说，等等。在某种意义上来看，整个“福尔摩斯大失败”系列几乎同时也就是一部关于“福尔摩斯探案”小说原作的情节宝典和阅读指南。而“大失败”系列中所关联的原作篇目版本，又都无一例外地出自刘半农亲自组织、策划并翻译的1916年中华书局版《福尔摩斯侦探案全集》。甚至进一步来说，刘半农最初发表这些“福尔摩斯大失败”小说的杂志《中华小说界》，也正是出版《福尔摩斯侦探案全集》的中华书局旗下所创办的一本小说类刊物。由此我们或许可以认为，刘半农“捉弄”福尔摩斯，其实是一种变相推广福尔摩斯的广告宣传。

当时“戏仿”福尔摩斯的中国作家还有很多。在他们的笔下，福尔摩斯不仅来过上海，还去过北京、苏州、湖州、宁波、成都、台湾等全国各地。甚至还有作者在福尔摩斯和莫里亚蒂教授一起跳瀑布之后，续写福尔摩斯死后到了丰都鬼城，帮助阎王爷继续破案的神奇故事。我曾编过一本《福尔摩斯中国奇遇记》（上海社会科学院出版社，2024年），其中就收录了31篇晚清民国作家“戏仿”福尔摩斯的小说。（图4-2）而通过这些小说，我们也能看到当时中国读者在接受福尔摩斯小说时的热闹场面与强烈的“同人写作”冲动。

其实，不仅中国有“戏仿”福尔摩斯的小说，日本、印度、欧美各国都有大量类似的创作现象。福尔摩斯研究者刘臻收藏有埃勒里·奎因（Ellery Queen）所编的 *The Misadventures of Sherlock Holmes* 一书（1944年），书中收录的就是欧美作家“戏仿”福尔摩斯的作品合集。作者中也不乏名家，比如阿加莎·克里斯蒂、爱德蒙·本特利、欧·亨利、马克·吐温等。图4-3就是该书的封面。真可以说世界上人人都爱福尔摩斯，爱到忍不住想要亲自动笔，对这位大侦探好好“调戏”一番。

图 4-2 陈景韩、包天笑、刘半农等：《福尔摩斯中国奇遇记》封面，战玉冰编，上海社会科学院出版社，2024 年

图 4-3 埃勒里・奎因编：*The Misadventures of Sherlock Holmes* 图书封面，1944 年
（图片来源：刘臻私人收藏）

5 中国第一部长篇侦探小说《中国侦探：罗师福》

中国文明开幕纪元四千九百五十四年（即西历一千九百八年九月十号）中秋节夜，苏州省城的中区，有一条小巷，巷之北底，有一小户人家，门前墙上，挂着一个小八卦牌。左傍一块门牌，上面写着“阔巷第一号”字样。门上贴着两条春联，从那矮踏门的小栏杆里，显出“国恩”“人寿”四个字来。上面离开二尺的光景，就是两扇玻璃楼窗，却是一掩一启。

这是目前可以见到的中国本土创作的第一部长篇侦探小说《中国侦探：罗师福》的开头。小说中就在这个“苏州省城的中区”小巷北底的房间内发生了一起杀人案，而后当地的警察、巡官、县令、师爷等一众人物纷纷登场，但依旧对这起案件束手无策。终于，“受了学校的教育”的青年费小亭被寄予破案的希望，但他却提出“吾一个人，决不能担此重任，吾想还是到上海请他去”。然后“费小亭于十六日傍晚，趁火车到上海，直至明日午后，方把罗侦探请到”，这才最终开启了整个罗师福侦探破案的故事。

自从张坤德首次翻译引进西方侦探小说之后，历经了不少本土短篇侦探小说的创作尝试，直到 1909 年（宣统元年），中国人自己创作的第一部长篇侦探小说《中国侦探：罗师福》开始在上海环球社《图画日报》上连载，作者署名“南风亭长”，真实身份不详。这位作者也许是“福尔摩斯探案”故事的粉丝，他给自己小说中侦探取名为“罗师福”，也就是“取师事福尔摩斯之意”。

《中国侦探：罗师福》从 1909 年 8 月 16 日（宣统元年七月初一）开始发表第一案第一章，一直到 1910 年 1 月 16 日（宣统元年十二月初六），连载到第二案第九章，共 154 次。之后该小说宣布“停更”一段时间，当时编辑表示：“第九章完，其第十章，稿未寄到，不得不暂停数日，而以短篇小说，权为替代。阅者量之！”不过至今也还没有见到《罗师福》后面章节的连载内容。甚至其前面已经发表出来的第一案和部分第二案内容，也渐渐被遗忘在了历史的故纸堆中。直到 2021 年，华斯比重新整理、点校并出版了《中国侦探：罗师福》（北京联合出版公司，2021 年），才使得当代读者可以更方便地重新看到 100 多年前国人最早创作的这部长篇侦探小说的面貌。（图 5-1）

《中国侦探：罗师福》比起同一时期其他中国侦探小说更符合我们对于一部侦探小说的期待——蹊跷的死亡、智慧的侦探、意外的凶手、

图 5-1 南风亭长：《中国侦探：罗师福》，华斯比整理，北京联合出版公司，2021 年

神秘的杀人武器……不过大体上来说，这部小说仍带有一些公案小说向侦探小说过渡时期的痕迹，比如罗师福与费小亭之间，有些类似于福尔摩斯和华生的“侦探—助手”模式，但其实也明显脱胎于包拯和展昭之间的关系，特别是在第一案最后，颇具武侠小说风格的抓捕场面和打斗描写，完全是一派《三侠五义》的笔法。当然，《中国侦探：罗师福》中也有很多新的时代元素，有的在当时甚至多少具有一点科幻小说的意味。比如小说中关于凶器的描写：

看官，你道这凶器是什么？原来就是近年来德国枪炮学名家爱特立氏新发明新制造的一枝气枪！

这气枪说来非同小可。平常的凶器，人人识得，人人害怕，惟有这种气枪，却制造得精致玲珑：有的藏在极美丽的绸伞里，有的裹在拐棒（西人行路时所携之棍）里，甚至有种小的，安在烟袋里、笔管里。别说粗看时不觉是杀人无敌的利器，就是仔细摩弄，也休想察得出一些破绽。

这枪形体极小，所以用的子弹，也不过一粒米大，里面含着毒质，一遇着血，便送人命。中弹之处，只显一点小痕，万万看不出是伤痕。从这枪发明之后，各国屡次发现出种种奇案，不知耗费了多少侦探的脑血，方才查得水落石出。所以现在凡系习侦探业的，没一个不当它为莫大劲敌。

藏在雨伞中的杀人气枪与见血封喉的有毒子弹，好像是从 007 电影中借来的道具一般。而面对凶手的“高科技”装备，侦探罗师福也并不落后，他随身携带各种能够看穿真相的“镜”。比如验尸时，他“从怀内取出一架眼镜戴了”；后来发现死者伤口有异常，为了更准确地进行观察和判断，“罗侦探从皮包里取出一面 X 光镜来”；最后为了验证假钞，费小亭“便到卧室里取了一架显微镜来，摆在桌上”。

关于小说中的这几处“镜”，我们不妨再多作一点考察。1896 年，德国物理学家伦琴就已经发现了 X 射线，在西方引起轰动。这一消息也很快传入中国，在当时国内的各种报刊新闻中，都能见到相关的报道。而当时的小说家们，不管是否真的见过相关设备，也都喜欢将其写入自己的小说中，并进行一番添油加醋式的渲染。比如曾经写过《中国侦探案》的吴趼人，还写过一部科幻小说《新石头记》（1905 年），小说中贾宝玉在“文明境界”的验病所里，就见到了“专验骨节上毛病的”“验骨镜”，此外还有“验髓镜”“验血镜”“验筋镜”“验脏腑镜”，分别用来看人体内部的骨髓、血液、筋络和五脏六腑。现在看来，这些五花八门的“镜”，完全是在伦琴 X 射线基础上的一番科幻狂想。

《中国侦探：罗师福》中的“X 光镜”与“显微镜”情况也大体类似，作者“南风亭长”也未必亲眼见过这两样发明，很有可能只是根据当时的域外新闻报道所展开的文学想象。此外，小说中这两处关于“镜”的描写，还分别配有相应的插图，图 5-2、图 5-3 即分别对应罗师福用 X 光镜检验尸体，以及用显微镜来辨识假钞。不过有趣的地方

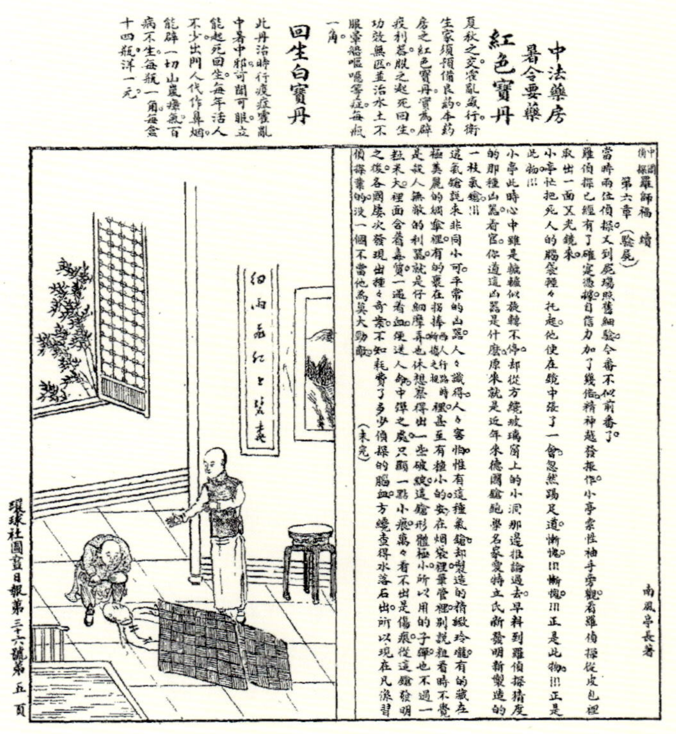

中法藥房

暑令要藥

紅色寶丹

夏秋之交。霍亂盛行。衛生家須預備良藥。本藥房之紅色寶丹。實為辟疫利器。服之起死回生。功效無匹。並治水土不服。暈船嘔嗝等症。每瓶一角。

回生白寶丹

此丹治時行疫症。霍亂中暑。中邪。可聞可服。立能起死回生。每年活人不少。出門人代作鼻烟。能辟一切山嵐瘴氣。百病不生。每瓶一角。每盒十四瓶。洋一元。

中國偵探羅師福 續

南風亭長著

第六章（驗屍）

當時兩位偵探。又到屍場照舊細驗。今番不似前番了。羅偵探已經有了確實證據。自信力加了幾倍。精神越發振作。小亭索性袖手旁觀。看羅偵探從皮包裡取出一面又光鏡來。

小亭忙把死人的腦袋輕々托起。他使在鏡中張了一會。忽然踢足道。慚愧。!!! 慚愧。!!! 正是此物。!!! 正是此物。!!!

小亭此時心中雖是轆轤似旋轉不停。却從方纔玻璃窗上的小洞那邊推論過去。早料到羅偵探猜度的那種凶器。看官。你道這凶器是什麼。原來就是近年來德國鎗砲學名家麥特立氏新發明新製造的一枝氣鎗。!!!

這氣鎗說來非同小可。平常的凶器。人々識得。人々害怕。惟有這種氣鎗。却製造的精緻玲瓏。有的藏在極美麗的綢傘裡。有的裹在拐棒（西人行路時之拐棍）裡。甚至有種小的。安在烟袋裡。筆管裡。别說粗看時不覺是殺人無敵的利器。就是仔細摩弄也休想察得出一些破綻。這鎗形體極小。所以用的子彈。也不過一粒米大。裡面含着毒質。一遇着血。便送人命。中彈之處。只顯一點小痕。萬々看不出是傷痕。從這鎗發明之後。各國屢次發現出種々奇案。不知耗費了多少偵探的腦血。方纔查得水落石出。所以現在凡深習偵探業的。沒一個不當他為莫大勁敵。（未完）

環球社圖畫日報第三十六號第五頁

图 5-2 南风亭长：《中国侦探：罗师福》（第六章　验尸，插图），环球社《图画日报》第三十六号，1909 年（图片来源：上海图书馆“全国报刊索引”数据库）

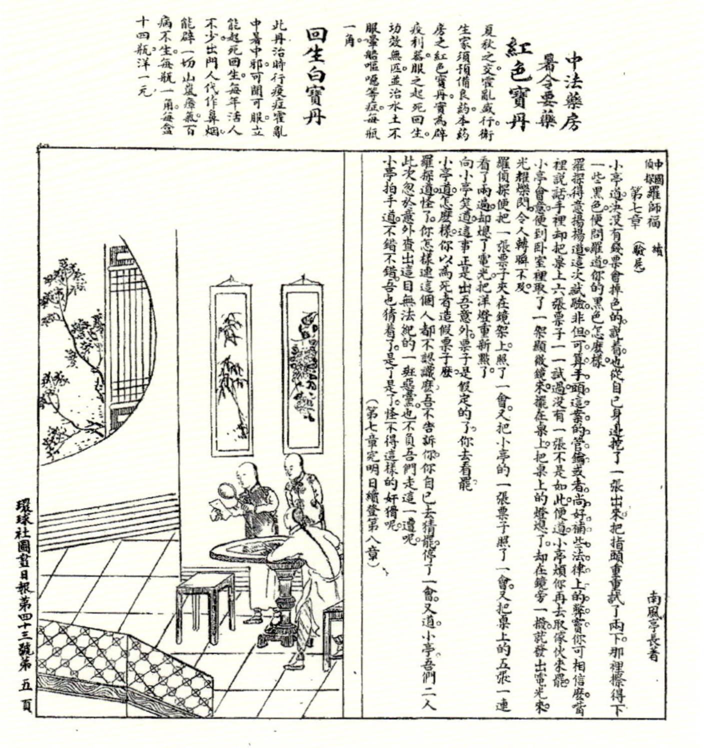

中國偵探 羅師福 續

第七章（驗屍）

南風亭長著

小亭道。決沒有幾票會掉色的。試着。也從自己身邊抽了一張出來把指頭重重試了兩下。那裡擦得下一些黑色。便問羅道。你的黑色怎麼樣。羅探得意揚揚道。這次試驗。非但可算手頭。這案的管鑰。或者尚好補些法律上的弊竇。你可相信麼。當裡說話手裡卻把桌上六張票子一一試過。沒有一張不是如此。便道。小亭煩你再去取傢伙來罷。小亭會意。便到卧室裡取了一架顯微鏡來。擺在桌上。把桌上的燈熄了。卻在鏡旁一撥。就發出電光來。光耀爍閃。令人轉瞬不及。羅偵探便把一張票子夾在鏡架上。照了一會。又把小亭的一張票子照了一會。又把桌上的五張一連看了兩遍。卻熄了電光。把洋燈重新點了。向小亭笑道。這事正是出吾意外。票子是假定的了。你去看罷。小亭道。怎麼樣。你以為死者造假票子麼。羅探道。怪了。你怎樣連這個人都不認識麼。吾不告訴你。你自己去猜罷。停了一會。又道。小亭吾們二人此次忽於意外查出這目無法紀的一班惡黨。也不負吾們走這一遭呢。小亭拍手道。不錯不錯。吾也猜着了。是了是了。怪不得這樣的奸猾呢。

（第七章完明日續登第八章）

環球社圖畫日報第四十三號第五頁

图 5-3 南风亭长：《中国侦探：罗师福》（第七章 露奸，插图，原文误写成“验尸”），环球社《图画日报》第四十三号，1909 年（图片来源：上海图书馆“全国报刊索引”数据库）

在于，当时为小说绘制插图的画师显然对这些洋玩意儿更加一知半解，所以最后画面中呈现出来的“X 光镜”与“显微镜”就都变成了最简单的手持放大镜。

这里还特别值得一提的是，《中国侦探：罗师福》最初连载于《图画日报》，每期文字都配有一幅插图，累计下来共有 154 幅配图。只是这里插图的质量并不敢恭维，甚至有很多和小说文字描述不相符合的错误。比如图 5-2，其对应的小说场景是罗师福验尸，小说的文字内容是：

罗侦探等走到篷下，只见板门上搁着一具尸首，旁边放着一盏半明不灭的巡捕灯，尸身周围紧紧地裹着一条青布褥子，褥子上面有一张符箓似的黄纸。

按照小说作者原意，尸体应该是被放置在“篷下”“板门上”，旁边有“一盏半明不灭的巡捕灯”，尸体“周围紧紧地裹着一条青布褥子”。但在这幅插画中，我们看到的验尸场景却是在“屋内”，尸体被直接放在“地上”，边上没有巡捕灯，褥子也是“盖”在尸体上，而非“紧紧地裹着”。可以说和原文比较细致的场景描写相比，这幅插图内容上出入很大。

整体上来看，《中国侦探：罗师福》最初连载时所配绣像插图质量并不高，除了如前文所述存在很多“文不对题”的画作外，笔法也显得比较粗陋。阿英就曾批评过《图画日报》“图绘很劣，然内容却很丰富”（阿英《中国画报发展之经过》）。这里不妨将《中国侦探：罗师福》中关于“验尸”场景的插画和1887年《点石斋画报》上刊载的《戕尸验病》作一番比较，《戕尸验病》是由当时著名画师田英所绘，画面中不仅对于植物枝叶的繁茂细密、围观人群的密集拥挤都有很细致的表现，还将尸体被打开之后的五脏六腑都清晰地画了出来。此外，清洗者、观察者、记录者等也都在画面中被一一呈现，让读者根据画面可以想象出验尸现场的情况。而《点石斋画报》中这幅明显更胜一筹的《戕尸验病》（图5-4），其实要比《图画日报》上的验尸场景插画早20多年。

在《中国侦探：罗师福》之后，中国侦探小说与图像之间的关系也是愈发紧密：俞天愤在1924年发表的侦探小说《玫瑰女郎》中开始尝试将实景照片和侦探小说相结合，他本人也对“中国侦探小说照片又是在下创造的”这件事感到非常得意；程小青的“霍桑探案”在民国时期也出现了同人连环画作品；1938年创刊的《侦探》杂志上，几乎每期都有“看图破案”的侦探推理谜题；而到了20世纪40年代后期，《大侦探》杂志上标为“实事侦探案”的作品，则把侦探小说、案件实录与从警方获取的案发现场照片相结合，构成了更具真实感的阅读体验与视觉冲击。

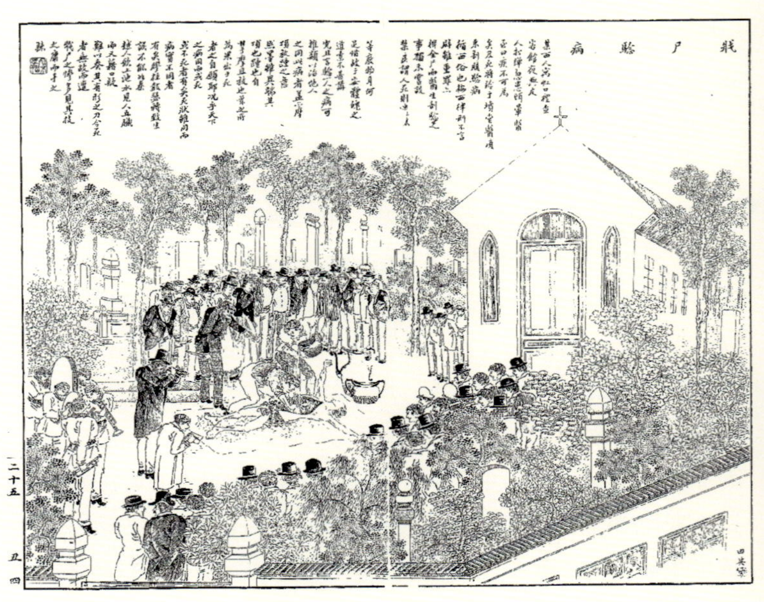

图 5-4 田英绘：《戕尸验病》，《点石斋画报》第一百三十六期，1887 年
（图片来源：上海图书馆“全国报刊索引”数据库）

6 从“东方福尔摩斯探案”到“霍桑探案”

1916 年，中华书局版《福尔摩斯侦探案全集》的译者阵容中，有一位译者名叫程小青，当时只有 23 岁。他在 44 篇“福尔摩斯探案”故事中翻译了 4 个短篇和 1 部中篇，分别是《偻背眩人》（第六册）、《希腊舌人》（第七册）、《海军密约》（第七册）、《魔足》（第十一册）和《罪薮》（第十二册）。同年年底，《新闻报》副刊《快活林》举办“夺标会”征文竞赛，第一期征文题目为“灯光人影”，体裁为短篇侦探小说。在征文启事发表后，主编严独鹤隐去作者姓名代以序号，共遴选了 13 篇“短篇侦探小说灯光人影”登载于《快活林》上。图 6-1 即是程小青《灯光人影》于 1916 年 12 月 31 日首次发表时的报纸版面，红色圈出部分即是小说《灯光人影》。其中程小青的代号为“甲”（用天干地支隐去真名），文前标“第一课”是指其参与的是“夺标会”第一期征文。程小青的这篇《灯光人影》是其在文坛的“出道”之作，也是我

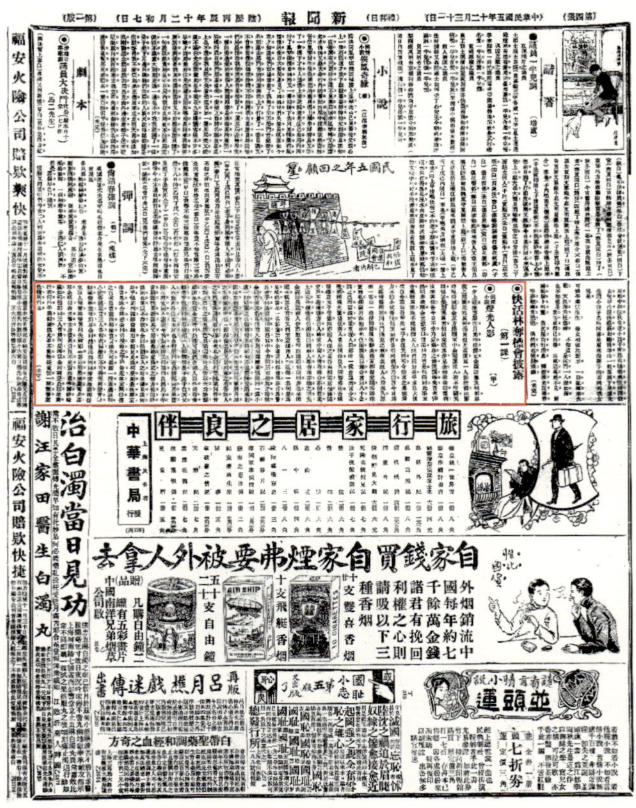

新聞報

快活林

燈光人影

旅行家居之良伴

中華書局發行

自家錢買自家煙弗要被外人拿去

外烟銷流中國每年約七千餘萬金錢諸君有挽回利權之心則請吸以下三種香烟

十支雙喜香烟

十支飛艇香烟

五十二十支自由鐘

凡購自由鐘二十有五彩畫片

中國南洋兄弟烟草公司啟

治白濁當日見功

謝汪家田醫生白濁丸

福安火險公司賠款爽快

呂月樵戲迷傳

並頭蓮

七折券

图 6-1 程小青：《灯光人影》（红框圈出部分为该小说），《新闻报》副刊《快活林》，1916 年 12 月 31 日（图片来源：上海图书馆“全国报刊索引”数据库）

们后来更熟悉的“霍桑探案”系列小说的雏形之作，但这篇小说的主角人物却名为“霍森”，而非“霍桑”。无论如何，程小青从此由一名侦探小说译者转型成为侦探小说作者。

关于程小青的第一篇侦探小说《灯光人影》，有着一个有趣的文学史“误会”。即这篇小说主人公的名字究竟是“霍森”还是“霍桑”，作者程小青后来的回忆细节有误。按照程小青在《侦探小说的多方面》一文中的相关回忆说法：

霍桑命名的来由，真是很有趣的。他的原名本叫霍森。他的第一篇探案的发表，就是民国初年，《快活林》第一次竞赛征文的《灯光人影》。这篇的原稿本写霍森。也许独鹤老友把“森”字给他改了一个“桑”字，或者竟是出于手民先生（按：指排字工人）的好意更改，那已不得而知。当时霍森因着怕登更正广告的麻烦，就也以误就误，直截承认了霍桑。（程小青：《侦探小说的多方面》，见《霍桑探案汇刊第二集》，上海文华美术图书公司，1933 年 1 月）

后来很多文学史家都援引程小青自己的这个说法，认为作者原本给笔下侦探取名为“霍森”，之后不知哪个出版环节出了问题，最终才变成了我们后来熟悉的“霍桑”，程小青对此则是将错就错。但实际上，我们如果去看最初发表的报纸版面，就会发现当初登载的侦探名字就是“霍森”，程小青应该是自己记错了。至于“霍桑”名字的正式出现，则要等到三年后，程小青在《先施乐园日报》连载小说《江南燕》（1919 年）。这篇小说中侦探名为霍桑，助手名为包朗。在某种程度上，《江南燕》或许才是真正意义上“霍桑探案”系列小说的开端之作。

话说回来，无论是霍森，还是霍桑，这个人物名字在当时都透露出一股“洋气”。对此，程小青其实是有着一番关于人物姓名的思考与设计在其中，他在《霍桑和包朗的命意》一文中说道：

有几个老朋友说的创著的霍桑探案，情节方面，虽然还合中国社会。但“霍桑”和“包朗”两个人名字，却带着几分西洋色彩。若使把他们改做“王福贤”“李得胜”等等的名字。那就更加可以合配中国人的心理了。……若是说这种模样的人物，乃是守公理、论是非、治科学、讲卫生的新侦探家。那就牛头不对马嘴，未免要叫人笑歪嘴了。原来我理想中的人物，虽然都子虚乌有，却也希望我国未来的少年，把他们当作模范，养成几个真正的新侦探，在公道上做一层保障，不致教无产阶级的平民，永永践在大人老爷们的脚下。我本在著这一层微意，才特地把我书中主角的名字，题得略微别致一些，不知道大家赞成么？（程小青：《霍桑和包朗的命意》，《最小》1923 年 3 月 5 日）

程小青把笔下人物霍桑与包朗的名字起得比较偏西洋色彩，其中包含着对其具备科学、理性、公正、守法等现代品质的美好寄托。除此之外，关于霍桑与包朗这一组人物，其实也有着程小青自身经历的影子。按照其好友郑逸梅的说法，霍桑与包朗都有着现实人物原型——“小青的侦探小说主脑为霍桑，助手为包朗，赵芝岩和小青过从甚密，又事事合作，所以吾们都承认他为包朗”（郑逸梅：《记侦探小说家程小青轶事》）。赵芝岩也是程小青的好友之一，还曾经和程小青合作写过侦探小说《剧贼角智录》（1923 年）。同时按照“霍桑探案”小说里的设定，“下走姓包名朗，在学校里当一个教员”，而且霍桑与包朗曾长期在苏州从事侦探工作，后来才搬到上海，这些都和程小青自己曾经在苏州生活并在东吴中学教书的经历相契合。甚至关于“包朗”的姓名，还很容易让我们联想到程小青的另一名好友包天笑（字朗孙）。在西方关于福尔摩斯人物原型的讨论中，有一种说法认为福尔摩斯部分是以其作者柯南・道尔为原型，而对于中国名侦探霍桑与其作者程小青之间的关系，或许也可作如是观。

说程小青是民国时期最为重要的侦探小说作家，应该是不会有什么太大的争议。郑逸梅就曾非常肯定地回忆说：“当时写侦探小说的不乏其人，可是没有人比得上他（笔者按：指程小青）。”（郑逸梅：《程小青和世界书局》）而程小青的侦探小说创作，最初则得益于他的侦探小说翻译，这一点也是毋须讳言的。从时间先后来看，他先是参与了福尔摩斯小说全集的翻译，之后才开始自己的创作。而从小说内容上来看，“霍桑探案”中霍桑与包朗的“侦探—助手”组合关系，以及小说从包朗的视角出发，来讲述霍桑探案的故事形式，都显然模仿自福尔摩斯与华生之间的人物互动。而程小青的“霍桑探案”最初在杂志上发表时，也多半被标为“东方福尔摩斯探案”。图 6-2，图 6-3 即是其小说《孽镜》最初在《游戏世界》上发表时的杂志版面，以及其小说《窗外人》的单行本封面，我们可以清楚地看到，这两篇小说被标为“东方福尔摩斯探案”，而非“霍桑探案”。后来随着程小青作品数量逐渐积累，且创作上越发成熟之后，其小说书角上的宣传文字才渐渐由“东方福尔摩斯探案”改为“霍桑探案”。

后来，程小青的“霍桑探案”系列小说在各大报刊杂志上发表，并先后结集成数十种单行本出版，作品数量之多，创作时间之长，覆盖刊物范围之广，在当时的中国侦探小说中无出其右者。其中 1941—1945 年由世界书局陆续出版的《霍桑探案全集袖珍丛刊》为集大成者，该套丛书于 1946 年全部出齐，共 30 册，收录侦探小说 74 篇，总计约 280 万字，为民国时期中国本土侦探小说创作出版的“最大规模工程”，也收录了程小青“霍桑探案”中的绝大部分作品。图 6-4、图 6-5 即是该套丛书中第 24 册《舞宫魔影》的小说封面和版权页。

在程小青的“霍桑探案”系列小说中，侦探霍桑和助手包朗在上海英租界爱文路七十七号（对应当时现实中的爱文义路，今北京西路）开设私人侦探事务所，协助警察和委托人处理各种案件。而随着霍桑接到不同的案件委托并将其逐一解决，也就形成了“霍桑探案”各篇小说的主要情节内容。比如其中既有发生在传统家庭内部，因为财产继承和伦理问题所引发的谋杀案（《白衣怪》），也有现代西洋舞厅中发生在

東方福爾摩斯探案

孽鏡

程小青

我的車子停在愛文義路七十七號門前的時候手表上已指著十一點三十四分那時正午的太陽照在街心像火一般的炎熱砂石的馬路蒸炙得如同烙鐵黃包車夫赤著雙足足底上雖然起了原胝神經的感覺比較的遲鈍一些然究竟沒有完全麻木但瞧他踏在路上拼命的把兩足起落交換不敢稍停就知他起換得遲些就要忍不住痛炙但他的足越換得快他的背心上的汗珠也越見得粗大和越容易滾瀉下來我走下車來見了他那種氣息咻咻的狀態心中忽起了一種莫名其妙的感想接著摸出兩個銀角向他的手中一塞便掉頭走進寓所覺得再不忍瞧見那種形狀我走進了們去了草帽和白法蘭絨外褂忽覺那件白紡綢襯衫背心上也已被汗液黏住了一塊隨即一併脫了叫施桂打水洗面洗畢我問施桂道霍先生還沒有回來麽施桂道沒有他不是和先生一塊兒出去的麽我應道是的

孽鏡　一

图 6-2 程小青：《孽镜》，《游戏世界》第二十期，1923 年 1 月“侦探小说专号”，标“东方福尔摩斯探案”（图片来源：上海图书馆“全国报刊索引”数据库）

图 6-3 程小青：《窗外人》封面，上海大东书局，1923 年，标“东方福尔摩斯侦探案”（图片来源：华斯比私人收藏）

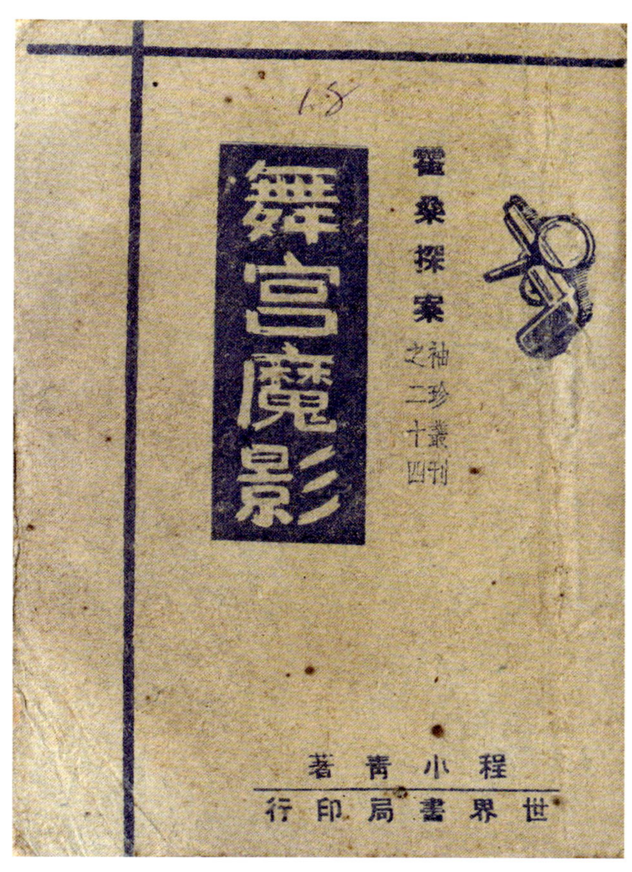

图 6-4 程小青：《舞宫魔影》（霍桑探案袖珍丛刊之二十四）“再版本”封面，世界书局，20 世纪 40 年代（图片来源：华斯比私人收藏）

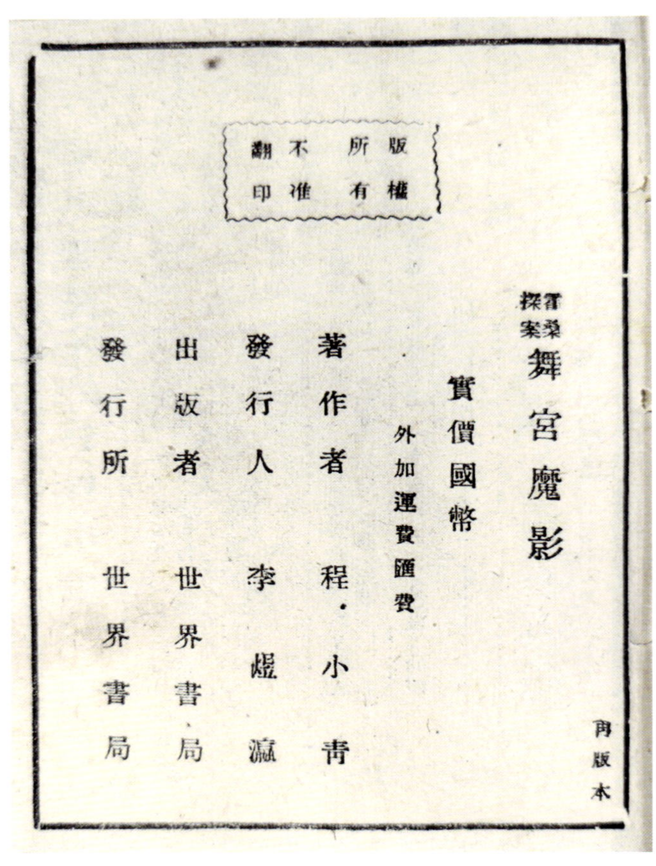

再版本

霍桑探案
舞宮魔影

實價國幣

外加運費匯費

著作者　程小青

發行人　李煜瀛

出版者　世界書局

發行所　世界書局

版權所有　不准翻印

图 6-5 程小青：《舞宫魔影》（霍桑探案袖珍丛刊之二十四）“再版本”版权页，世界书局，20 世纪 40 年代（图片来源：华斯比私人收藏）

舞女、老板、舞客之间的争风吃醋与利益纠纷（《舞后的归宿》），既有真假难辨的女明星白玉兰失踪案（《怪电话》），也有半夜里火车轧死路人所引发的悬疑故事（《轮下血》），等等。如果说每一篇“霍桑探案”小说展现了民国时期上海社会某一阶层人群的生活侧面——比如大学生、舞女、人力车夫、银行职员、仆人、女明星、资本家、革命者等——那么将整套“霍桑探案”小说连起来看，就构成了民国时期上海市民生活的一幅浮世绘。

值得注意的是，“霍桑探案”小说创作于中国从传统到现代的历史转型时期，社会结构、家庭关系、伦理道德、财产观念、性别意识、科技水平等方方面面的变化都在小说中得到体现。举一个例子来说，摄影术是从西方引进的现代技术发明，对于很多生活在民国时期的人们来说，照片无疑是一件新事物，拍照更是一种很时尚的行为，程小青先生年轻时就拍过不少照片。而在民国时期，拍照不仅是一种新的生活方式，随之产生的还有最早的“P 图”和作伪技术，而这就构成了当时侦探小说的重要题材之一。在程小青笔下，“高明”的犯罪分子已经可以熟练地运用照片合成技术来造假作伪，当然这最终逃不过侦探的火眼金睛。比如在程小青的《险婚姻》中，助手包朗和高佩芹女士的婚姻大事就险些因为一张伪造的合成照片而出现波澜。犯罪分子先是伪造了一张包朗和其他女性的合影，然后将其寄给包朗的未婚妻高佩芹，在二人中间造成误会，致使高佩芹将包朗视为“无赖的文人”，对其避而不见，甚至一度险些解除婚约。最后还是霍桑独具慧眼地解开谜题：“你瞧，这一张照片原是拼合印成的。那张原片，就是我们俩的合影，也就是报纸上分割刊登的一张。但瞧两个人的姿势神态不相匀称，已是很明显。”同时霍桑还指出：“这本是一出老把戏，可惜你的未婚夫人不加深察，便轻信人言。”可见通过技术处理照片来弄虚作假的行为在当时并不算罕见，而破解这种“伪照片”的手法就是对其进行仔细观察，新的技术发明引发新的犯罪形式，而侦探的目光如炬正是破解这些“新型犯罪”的不二法门。

同时，霍桑又绝不仅仅是一名“未出茅庐，而知天下三分”的“安乐椅侦探”，他经常亲赴案发现场，勇敢地奔走在破案第一线，甚至和犯罪分子正面对峙，展开殊死搏斗。比如在小说《黄浦江中》一篇里，宏源布庄主人俞守诚的公子慧宝在放学途中被绑匪掳走，而这已经不是第一起类似的案件。侦探霍桑决定出手救回慧宝，同时摧毁这个绑匪团伙。这看似只是一般绑票、勒索、赎金、抓捕的陈旧故事套路，但小说中其实增加了新的破案难度，即交付赎金的地点被设置在“杨树浦黄浦江中的五福船上”，而代为交付赎金且意图借机破案的霍桑和包朗，则需要面对一旦上船，“万一有失，一时岂不难以脱身或求助”的落入敌人虎口的危险。后来二人则经历了包朗受伤、被绑匪扣为人质、与绑匪枪战、配合水警一举歼灭整个绑票团伙等一系列情节上的跌宕起伏，绑架案破案过程的刻不容缓决定了整篇小说情节上充满紧张感。同时整篇小说的“动作戏”也非常丰富，甚至还有武侠人物“江南燕”登场客串，这就为传统的侦探故事带来了另一个层面上的精彩与好看。

大体上来说，“霍桑探案”中不仅处理了绑架案、走私案、情杀案、拆白党、遗产纠纷和“大宅闹鬼”等众多类型不同的案件，读者通过对整个系列小说的阅读更是可以看到大侦探霍桑本人是如何一步步成长起来的。在《霍桑的童年》一篇中，程小青借助手包朗之口介绍了霍桑生平的第一个案子。那时霍桑还在读小学，一日在学校丢了新买的毛笔，求王老师帮忙调查，不想遭到老师拒绝。之后霍桑通过自己的机智果敢，巧施妙计，在几分钟之内“寻到了他的业已失掉的笔”，而“那个起先拒绝他的王老师，非但不责他矫命，还着实奖励过几句。这一着对于霍桑后来的事业竟有很大的关系。因为经他一激，霍桑的意志和兴趣便因此奋发了许多”。甚至霍桑自己也承认“我试验侦探行为的第一次，竟得到了王教师的同情。我因而感觉到兴奋有趣，才有今天的事业”。由此看来，大侦探霍桑善于查案、破案的天赋也是从小就体现了出来，其最终选择侦探生涯也真是“命中注定”了。

此外，程小青（图 6-6）不仅是民国时期最重要的侦探小说作家，也是当时最重要的侦探小说翻译家。他不仅翻译过“福尔摩斯探案”小说，还译介了大量欧美“黄金时代”的侦探小说名家名作，比如《希腊棺材》（今译《希腊棺材之谜》，作者埃勒里・奎因）、《绅士帽》（今译《罗马帽子之谜》，作者埃勒里・奎因）、《金丝雀》（今译《金丝雀杀人事件》，作者范・达因）、《花园枪声》（今译《花园杀人事件》，作者范・达因）、《古剑记》（今译《罗杰疑案》，作者阿加莎・克里斯蒂）、《陈查礼侦探案》（今译《陈查理侦探案》，作者厄尔・比格斯）

图 6-6 程小青像

等。甚至程小青翻译出版侦探小说的数量已经远远超过了其“霍桑探案”系列小说创作出版的数量，为当时的中国侦探小说读者与作者拓宽了眼界。

程小青还担任过《侦探世界》《新侦探》《红皮书》等多种侦探杂志的编辑、顾问或主编工作；长期致力于写作侦探小说评论与研究类文章；他还将自己的多部侦探小说改成电影剧本，并最终上映；此外，程小青还一度投身于美国侦探学与犯罪心理学的学习和研究中，为自己的侦探小说创作增添了理论基础。程小青对于中国侦探小说发展的贡献，完全配得上章梅魂为其所写的赞词：“惟小则灵，惟蓝出青。江南之燕，独辟畦町。懿欤美哉，探界明星。”

7 福尔摩斯的“对手”们

民国时期最具影响力的西方侦探小说，除了“福尔摩斯探案”之外，就首推侠盗亚森·罗苹系列小说了。而说到莫里斯·勒伯朗（Maurice Leblanc）笔下的亚森·罗苹（Arsène Lupin），当然和福尔摩斯之间有着千丝万缕的关系，其中诸如《亚森·罗苹智斗福尔摩斯》及其他很多故事，甚至可以视为福尔摩斯的“同人小说”。柯南·道尔生前还曾经对此表示过不满，莫里斯·勒伯朗为了避免版权纠纷，也特地将 Sherlock Holmes（夏洛克·福尔摩斯）改为更具法国特色的 Herlock Sholmès（赫洛克·修尔梅斯），将 Dr. Watson（华生医生）改为 Wilson（威尔森），将 Baker Street 221B（贝克街 221B）改为 Paker Street 219（帕克街 219 号），但读者还是一眼就能看出其中真正的所指。

甚至中国第一篇亚森·罗苹小说的翻译引进，也一定程度上借助了此前福尔摩斯小说翻译的流行。1912 年 4 月杨心一在《小说时报》第十五期上发表了小说译作《福尔摩斯之劲敌》，其原作为1907年出版的 *Arsene Lupin Gentleman-Cambrioleur*（Paris：Pierre Lafitte & Cie，1907）中的 *Herlock Sholmes Arrive Trop Tard* 一篇，现通常译作《歇洛克·福尔摩斯姗姗来迟》。而这篇首次被引入中国的亚森·罗苹故事，标题中出现的却是福尔摩斯的名字，不难想见当时中国译者与读者在接受亚森·罗苹这个新的文学人物时，有着强大的福尔摩斯阅读前史作为背景和支撑。之后10年间，经由包天笑、周瘦鹃、徐卓呆、张舍我等译者的不懈努力，大约有20篇亚森·罗苹系列长短篇小说分别经由法语、英语和日语等不同路径被陆续译介进入中国。（具体可参见姜巍：《民国侦探小说〈亚森罗苹案全集〉译本来源考》，《新闻出版博物馆》2023年第3期）

1925年4月，上海大东书局出版了周瘦鹃、张碧梧、孙了红、沈禹钟等人用白话译的全24册的《亚森罗苹案全集》，收28案，其中长篇10种，短篇18种。这是继1916年中华书局出版《福尔摩斯侦探案全集》之后，中国侦探小说翻译界的又一件大事。图7-1即是该书出版时，在《新闻报》上打的广告，广告语中写道："亚森罗苹诸案，有神出鬼没之妙。福尔摩斯案无其奇，聂卡脱案无其诡，可作侦探小说读，亦可作武侠小说读。兹尽搜集其长短各案，汇为一集，以成全豹。"截止到1929年12月，该书已经印至第三版。而在1942年，上海启明书局又一次推出了《亚森罗苹全集》。可以说，对亚森·罗苹系列小说的翻译、出版和阅读贯穿了整个民国时期。作为小说译者的包天

图 7-1 《亚森罗苹案全集》广告，《新闻报》1925 年 3 月 24 日第五张第一版
（图片来源：上海图书馆“全国报刊索引”数据库）

笑甚至不惜通过贬低福尔摩斯来提升亚森·罗苹的形象和地位：“福尔摩斯不过一侦探耳，技虽工，奴隶于不平等之法律，而专为资本家之猎狗，则转不如亚森罗苹以其热肠侠骨，冲决网罗，剪除凶残，使彼神奸巨恶，不能以法律自屏蔽之为愈也。”（包天笑：《亚森罗苹案全集·序》）

相对而言，作为民国时期亚森·罗苹系列小说最重要的译者周瘦鹃，很早就敏锐地指出了亚森·罗苹与福尔摩斯各自背后微妙的民族身份象征：“英伦海峡一衣带水间，有二大小说家崛起于时，各出其酣畅淋漓之笔，发为诡奇恣肆之文。一造大侦探福尔摩斯，一造剧盗亚森罗苹。一生于英，一生于法。在英为柯南·道尔，在法为马利塞·勒伯朗。”（周瘦鹃：《双雄斗智录第四十九》，见蒋瑞藻编：《小说考证·下册》）也就是说，亚森·罗苹与福尔摩斯之间的斗争，不仅仅是个人智力的比拼，更涉及英法两国民族情感的问题，作为当时国际舞台

上相互较量的两个老牌资本主义国家，既然英国人发明了大侦探福尔摩斯，那么法国人就必须创造出一个能够打败甚至捉弄福尔摩斯的侠盗亚森·罗苹。

当时中国读者热衷于福尔摩斯与亚森·罗苹智斗的故事，在余生的小说《智斗》（1923 年连载于《台南新报》）中，福尔摩斯与亚森·罗苹甚至远赴中国台湾，开始了一场新的较量。按照吕淳钰的研究，这部小说显然是对亚森·罗苹巴黎故事的模仿，然后将其原样挪移至台湾。比如小说中的嘉义不过是巴黎的替代品，八掌溪则可以视为塞纳河的镜像之物。图 7-2 即是小说《智斗》首次在《台南新报》上连载时的版面，红框中为小说内容。

和程小青创作“东方福尔摩斯探案”——后来的“霍桑探案”——系列小说情况相类似，民国时期也出现过不少标为“东方亚森罗苹”的小说，在众多的模仿者中，有五种“东方亚森罗苹”系列侦探小说影响力最大，其作者分别是张碧梧、吴克洲、何朴斋、柳村任和孙了红。这里需要注意的事情有三：一是这些“东方亚森罗苹”小说的作者，很多都曾经是大东书局亚森罗苹小说的翻译者，比如张碧梧和孙了红；二是他们笔下的侠盗人物往往和亚森·罗苹有着姓名发音上的高度相似性，比如鲁宾、罗平或鲁平；三是和法国亚森·罗苹智斗英国福尔摩斯相类似，这些“东方亚森罗苹”也需要一个对手，而这个想象中的对手，就经常是程小青所创造的“东方福尔摩斯”霍桑。

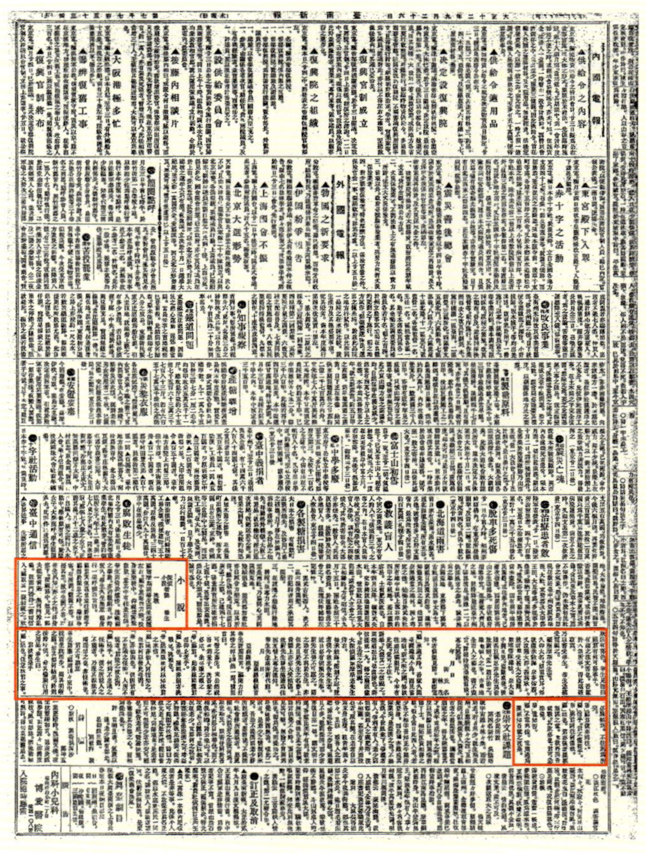

图 7-2 余生：《智斗》报纸页面，《台南新报》1923 年 9 月 26 日

图 7-3 张碧梧像

张碧梧（图 7-3）模仿亚森·罗苹大战福尔摩斯的系列小说所写的《双雄斗智记》（最初连载于 1921—1922 年）是民国时期难得一见的中国本土长篇侦探小说，图 7-4 就是该小说单行本 1926 年在上海大东书局初版时的封面，图 7-5 则是该书出版近 100 年后，华斯比重新整理出版的当代版本。在这部小说一开篇，张碧梧就清楚地交代了自己创作这部小说的动机和所依据的故事来源："今者东方之福尔摩斯既久已产生，奚可无一东方亚森罗苹应时而出，以与之敌，而互显好身手哉？”一方面，张碧梧创作的这部小说的基本情节结构是在模仿勒伯朗的小说，写一个中国版的亚森·罗苹大战福尔摩斯的故事；另一方面，作者在小说中所设立的想象中的对手正是程小青所创造的“东方福尔摩斯”霍桑。小说 1926 年初版本封面上的两个人物，持手枪向上瞄准的人是罗平，而举起双手的人正是霍桑。而该封面的画师则是民国时期著名画家庞亦鹏。

关于小说中有着“东方亚森罗苹”之称的主人公罗平，张碧梧基本上是把他作为一名中国传统侠客的形象来进行理解并塑造的。比如在小说《双雄斗智记》中，罗平自己就曾经说过：“我的为人你向来晓得，我虽是绿林中人，做的是强盗生活，但天良未泯，事事都凭着良心。”他完全是将自己放置在“天良未泯”的“强盗”与“绿林中人”的人物序列之中进行自我认知与定位的，而这基本上可以视为对《水浒传》与《三侠五义》所开创的文学传统与人物形象的一种延续。又如，小说里罗平的助手分别叫作什么“草上飞”“冲天炮”与“急先锋”，也完全是一派《水浒传》式的人物起绰号的风格。此外，在小说每期连载的最后，也经常会出现诸如“下回书中自有分晓”这种传统章回说书体小说中才会用到的过场词。总体上来说，张碧梧是借助了中国传统侠义小说的写法和思路来重新理解并书写了这个“东方亚森罗苹”的故事。有趣的地方还在于，这部小说中同时出现了电气枪、汽车、密室机关等现代化的物质设备和科技想象，和传统的小说人物与故事风格之间形成了某种旧与新、传统与现代的张力。

图 7-4 张碧梧：《双雄斗智记》封面，上海大东书局，1926 年 7 月
（图片来源：华斯比私人收藏）

图 7-5 张碧梧：《双雄斗智记》封面，华斯比整理，北京联合出版公司，2022 年

图 7-6 战玉冰：《现代与正义：晚清民国侦探小说研究》封面，上海社会科学院出版社，2022 年

当然，民国时期更著名的“东方亚森罗苹”形象还要首推孙了红笔下的鲁平。和程小青的“霍桑探案”相类似，孙了红的侠盗小说创作也经历了从早期模仿勒伯朗到后期形成自己独特的创作风格。到了20世纪40年代，孙了红的小说就不再被称为“东方亚森罗苹案”，而是具有了更强的本土IP属性和名称——“侠盗鲁平奇案”。孙了红本人也和程小青并称“一青一红”，共同构成了民国侦探小说创作的两座高峰。图7-8、图7-9就是上海万象书屋1947年出版的小说集《侠盗鲁平奇案》的封面和版权页。其中小说封面上所画的血手、手枪与人头、剪刀与被剪的纸人、“33”的数字，分别代表小说集中收录的四篇作品《鬼手》《窃齿记》《血纸人》和《三十三号屋》。而这个图案设计也被我借用到了我的第一本书《现代与正义：晚清民国侦探小说研究》（上海社会科学院出版社，2022年）中，将其改为藏书票的形式，作为全书的辑封。（图7-6、图7-7）

图7-7 战玉冰：《现代与正义：晚清民国侦探小说研究》辑封，上海社会科学院出版社，2022年

图 7-8 孙了红：《侠盗鲁平奇案》封面，上海万象书屋出版，中央书店发行，1947 年 9 月三版（图片来源：华斯比私人收藏）

版權所有
不准轉載

俠盜魯平奇案

中華民國三十六年九月三版

全一冊 定價 元

——外埠酌加寄費匯費——

著作人 孫了紅

出版人 沈東海

出版者 萬象書屋

發行者 中央書店

上海中央書店總發行

各省各大書局均有分售

图 7-9 孙了红：《侠盗鲁平奇案》版权页，上海万象书屋出版，中央书店发行，1947 年 9 月三版（图片来源：华斯比私人收藏）

图 7-10 电影《侠盗鲁平》(1989 年)海报

在这一时期创作的“侠盗鲁平奇案”系列小说中，孙了红也会极力凸显他笔下人物的外在特征，比如鲁平自称“侠盗”，有着绝对醒目和与众不同的“商标”——永远打着鲜红的领带，左耳廓上有一颗鲜红如血的红痣，左手戴着一枚奇特的鲤鱼形大指环，酷爱抽土耳其香烟，等等。甚至到了 1989 年的电影《侠盗鲁平》中，电影海报还是直接用一顶礼帽和一条鲜红的领带来代指鲁平的人物形象（图 7–10），可见孙了红当初在人物形象塑造方面的良苦用心和显著效果。

孙了红（图 7–11）的“侠盗鲁平”系列小说在民国时期有多火？举一个例子来简单说明，孙了红曾在《大侦探》杂志上连载侦探小说《蓝色响尾蛇》（图 7–12、图 7–13 该小说后来由大地出版社出版单行

图 7-11 孙了红像

图 7-12 孙了红：《蓝色响尾蛇》封面，大地出版社，1948 年 5 月
（图片来源：华斯比私人收藏）

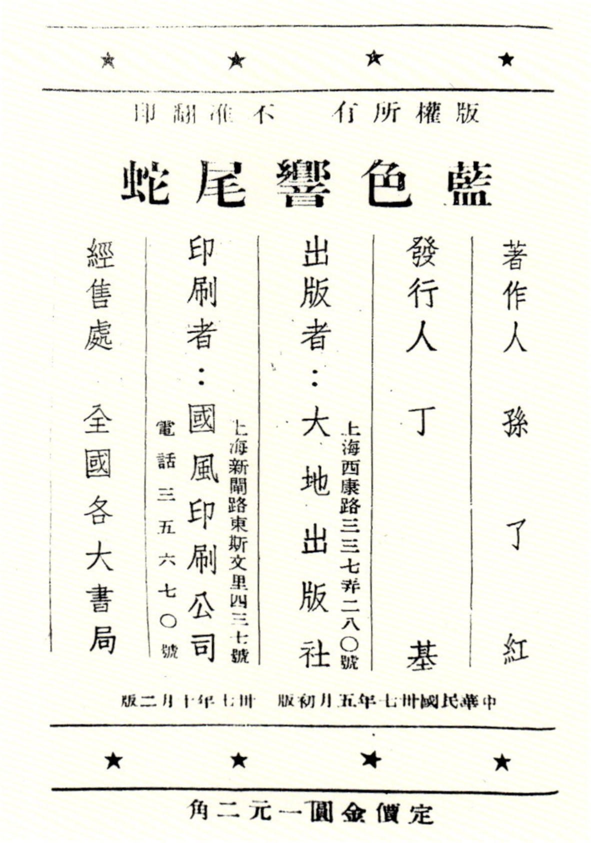

版權所有　不准翻印

藍色響尾蛇

著作人　孫了紅

發行人　丁基

出版者：大地出版社　上海西康路三三七弄二八〇號

印刷者：國風印刷公司　上海新聞路東斯文里四三七號　電話三五六七〇號

經售處　全國各大書局

中華民國卅七年五月初版　卅七年十月二版

定價金圓一元二角

图 7-13 孙了红：《蓝色响尾蛇》版权页，大地出版社，1948 年 5 月
（图片来源：华斯比私人收藏）

图 7-14 陈蝶衣、乐汉英：《艺人百态图：孙了红》，《幸福世界》第二卷第二期，1948 年
（图片来源：上海图书馆“全国报刊索引”数据库）

本时的小说封面与版权页），受到杂志读者们的热烈欢迎，甚至出现了杂志售罄、不断加印仍满足不了读者需求的情况。最后《大侦探》只能重新刊登小说已经连载过的部分内容，以满足买不到之前杂志的读者的阅读愿望；并在第十五期杂志上发表声明：“本篇小说，于第八期起刊登，承读者不弃，该期于一周内全数销罄；乃于前月间再印四千册，至月底又告售完，而补书函件，仍如雪片飞来。本刊发行人为接受多数读

者之请，于本期重复刊登一次，俾未补得第八期之读者，仍可窥得本篇小说全貌。”由此足可见出《蓝色响尾蛇》在当时的畅销情况，已经到了“一刊难求”的程度。

只可惜，创造出民国时期最具风采的侠盗人物的畅销小说家孙了红，生活上却相当窘迫，不仅只能租住在最廉价的亭子间，还在咯血症病发时没钱医治，只能依靠朋友和读者的“众筹”与救济而勉强度日。陈蝶衣、乐汉英曾经配合漫画《艺人百态图：孙了红》写过一首诗：“频年煮字误晨昏，侠盗何尝能疗贫。摆个香烟摊子卖，不如权作小商人。”诗中指出了孙了红依靠卖文为生的艰难，图 7-14 即是这幅人物漫画。这也提醒着我们，小说里的侠盗鲁平与小说外的作者孙了红，彼此间构成了一组深刻的时代反讽——侦探与侠盗不过是文人想象中的英雄罢了。

8 “中国之女歇洛克”

侦探小说中的侦探似乎是一个专属于男性的职业。世界侦探小说史上第一位男性侦探角色是爱伦·坡笔下的西·奥古斯特·杜宾（C. Auguste Dupin），首次出现在1841年的《莫格街凶杀案》中；第一位享誉全球的男性侦探是柯南·道尔所塑造的夏洛克·福尔摩斯（Sherlock Holmes），自1887年《血字的研究》发表以来，几乎成为侦探这个职业的代名词；世界上第一位被广泛阅读和认知的女性侦探角色则要等到1930年，在阿加莎·克里斯蒂的小说《寓所谜案》中，简·马普尔小姐（Jane Marple）首次登场，后来成为“阿婆”笔下足以和赫尔克里·波洛（Hercule Poirot）比肩的经典侦探形象，而此后其他作家笔下的女侦探，无论从流传广度还是经典程度来看，也都少有能与之争锋者。

在中国早期侦探小说史上，诸如霍桑、鲁平、李飞、徐常云、宋悟奇、胡闲等一批最有名的侦探形象也通常是男性。在侦探这个职业中，“男女比例失调”的现象似乎再寻常不过。这背后的原因很复杂，比如当时中国侦探小说多模仿自西方福尔摩斯与亚森·罗苹两大系列，作者也就相应地将自己虚构的“东方福尔摩斯”或“东方亚森·罗苹”等侦探主角同样设定为男性。又比如早期侦探小说中的侦探多为“行动派”，四处奔走、乔装易容、抓捕罪犯、近身搏斗、街头枪战，甚至快艇追逐等情节都很常见，而在当时的侦探小说家们看来，这些工作似乎更适合安排一名男性角色来完成，其中渗透了某种微妙的“男性想象”。这也和后来马普尔小姐在一个相对封闭的乡村庄园中，坐在安乐椅上一边聊家常，一边打毛线，顺便推理破案的情节模式有很大不同。当然，这并非是说中国早期侦探小说中没有女侦探。在晚清民国时期的中国侦探小说作品中，女侦探虽然不多，但却有着多种不同的面貌与别样的风采，从马普尔小姐式的“安乐椅侦探”到“女华生”，再到女侠侦探或女飞贼侦探等，不一而足。

如果细数中国最早的女性侦探形象，大概可以追溯至商务印书馆1907年（清光绪三十三年）出版发行的《中国女侦探》一书，这是一本文言短篇侦探小说集，内收小说三篇：《血帕》《白玉环》和《枯井石》。作者署名“阳湖吕侠”，经邬国义等学者考证，应为著名历史学家吕思勉无疑。图8-1、图8-2就是这本《中国女侦探》的封面和版权页，该书于1915年还被商务印书馆放在“小本小说”的系列中重新

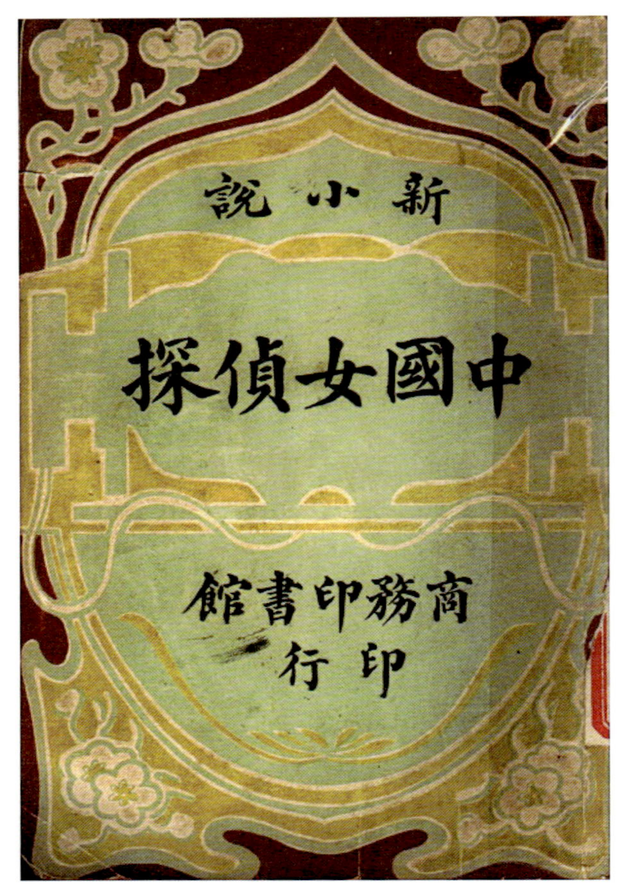

图 8-1 吕侠：《中国女侦探》封面，商务印书馆，1907 年

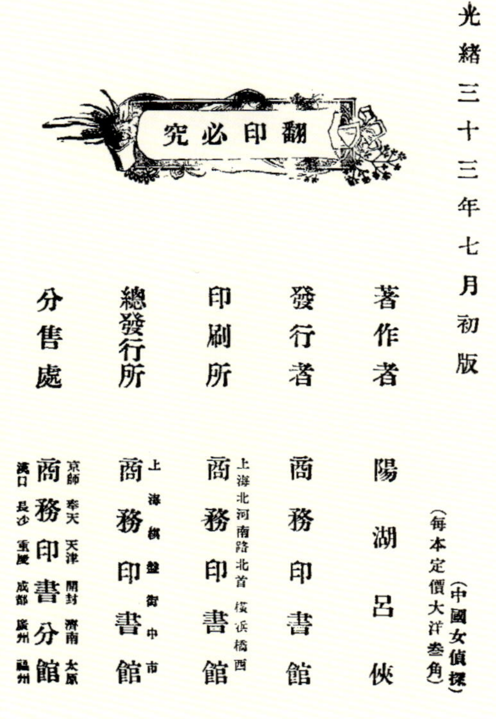

光緒三十三年七月初版

（中國女偵探）

（每本定價大洋叁角）

翻印必究

著作者　陽湖呂俠

發行者　商務印書館

印刷所　上海北河南路北首 棱浜橋西　商務印書館

總發行所　上海棋盤街中市　商務印書館

分售處　京師 奉天 天津 開封 濟南 太原　商務印書分館　漢口 長沙 重慶 成都 廣州 福州

图 8-2 吕侠：《中国女侦探》版权页，商务印书馆，1907 年

出版过。（图 8-3、图 8-4）更有趣的地方在于，吕思勉先生的这本侦探小说“少作”，不仅如书名所言，首创了中国女侦探（书中又称之为“中国之女歇洛克”）这一全新的人物形象，还直接塑造出了一批中国女侦探群像，换句话说，即小说中的女性近乎个个善于推理，人人可为侦探。

整本《中国女侦探》的故事开始于黎采芙、锄芰、李薇园、凌绛英、秦捷真、慧真等一班闺阁姐妹在八月十五中秋小聚，大家一边“吸纸烟”“嚼鲜果”，一边讲“奇案”故事，不想越讲越入迷，一直讲到后半夜，于是决定一起留宿、讲个通宵。而这晚所讲的故事，就是全书中的前两篇《血帕》和《白玉环》。一方面，这两个故事中涉及的女性多少都具有一些侦探才能：比如《血帕》中多亏县令的妻子提醒县令，这才发现了死者夹衣中的血书，最后揭露出整个案件的真相；而《白玉环》中更是全靠主人公丈夫住在外地的姐姐卢姨娘及早掌握到了犯罪团伙的阴谋，才救下弟弟的身家性命，由此称小说中的县令妻子与卢姨娘为“女侦探”并不为过（按照小说中的说法，《血帕》是“犹妇人为构成之材料”，《白玉环》则是“以妇人为主动力者”）。另一方面，几位深夜讲故事的闺阁姐妹也都深谙侦探之道，她们在讲侦探故事的同时，也彼此间展开推理竞赛，既各逞机智才华，相互指出对方推理过程中的漏洞与不同的案件可能性，又时刻坚守有一分证据说一分话，不肯轻易下结论，因为她们深知“苟欲为侦探，则谨言其首务也，宁常恃喋喋利口，以自炫其所长邪”。

图 8-3 吕侠：《中国女侦探》封面，商务印书馆，1915 年 5 月，标“小本小说”
（图片来源：华斯比私人收藏）

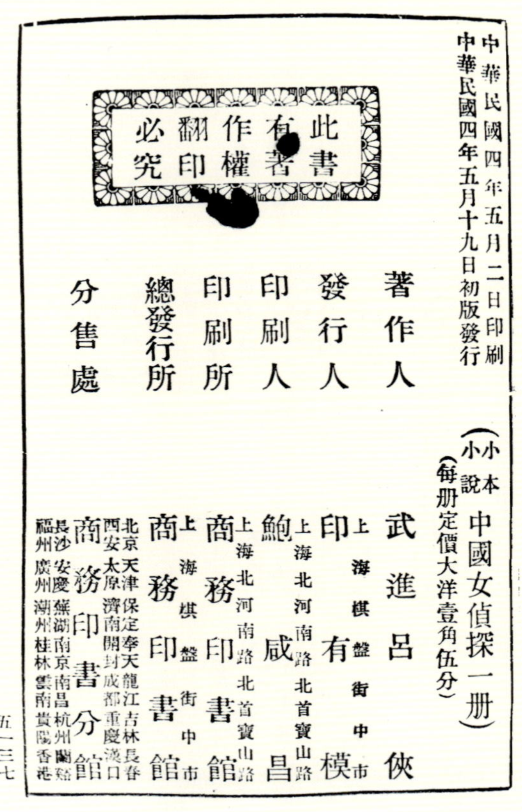

中華民國四年五月二日印刷
中華民國四年五月十九日初版發行

此書有著作權 翻印必究

（小本小說）中國女偵探一冊
（每冊定價大洋壹角伍分）

著作人 武進呂俠

發行人 上海棋盤街中市 印有模

印刷人 上海北河南路北首寶山路 鮑咸昌

印刷所 上海北河南路北首寶山路 商務印書館

總發行所 上海棋盤街中市 商務印書館

分售處 北京 天津 保定 奉天 龍江 吉林 長春 西安 太原 濟南 開封 成都 重慶 漢口 長沙 安慶 蕪湖 南京 南昌 杭州 蘭谿 福州 廣州 潮州 桂林 雲南 貴陽 香港 商務印書分館

五一三七

图 8-4 吕侠：《中国女侦探》版权页，商务印书馆，1915 年 5 月，标“小本小说”
（图片来源：华斯比私人收藏）

几位姐妹的侦探故事一直讲到天亮，而这时却真的发生了一起案件，“县学场郭宅被盗矣，所失甚巨，计数千金云”。于是几位姐妹从侦探故事的讲述者化身为真正的“女侦探”，充分发挥她们从各种侦探故事中所获得的侦探经验与才能，从失窃案查到通奸案，最后一举揭露出三条人命案的真相，这就是书中第三篇小说《枯井石》的主要情节内容。

总体上来说，《中国女侦探》中的几篇侦探小说多是通过作者故设迷雾，安排几条引人误入歧途的线索假象，然后再逐一推翻，找出真凶，让案情大白，一定程度上仍明显带有晚清时期公案小说与侦探小说的过渡性色彩，即小说里通过“无巧不成书”的方式构造“奇案”的痕迹较重，和同一时期《狄公案》《九命奇冤》等小说风格颇为相似。至于少年吕思勉为何会写这样一本侦探小说，一方面固然和晚清时期侦探小说的流行与畅销有关，按照小说林社主编徐念慈对自己旗下图书销售情况的粗略统计来看，“他肆我不知，即‘小说林’之书计之，记侦探者最佳，约十之七八；记艳情者次之，约十之五六；记社会态度、记滑稽事实者又次之，约十之三四；而专写军事、冒险、科学、立志诸书为最下，十仅得一二也”，足可见当时侦探小说受欢迎程度之高，而写作侦探小说或许也可以缓解吕思勉此时“家况益坏”的生活窘境；另一方面，吕思勉的这本《中国女侦探》也多少带有一点和西方侦探小说一较高下的雄心，面对当时西方侦探小说涌入中国、人们谈侦探必言福尔摩斯的情况，吕思勉（图 8-5）在小说中明确表示：“予叹曰：此等深奥

图 8-5 吕思勉（吕侠）像

曲折之案，虽使福而摩斯遇之，亦当束手，顾乃以一侨居异地、暂归故乡之女探得之，谁谓华人之智力不西人若哉。”其中透露出明显的民族主义意味。而在晚清的性别政治话语背景下，这句话所隐含的逻辑还在于，既然中国女侦探尚且如此能干，那么中国男侦探还会不如福尔摩斯吗？民族主义与性别政治就以这样一种奇怪的方式被纽结在了一起。

在吕侠的《中国女侦探》首次出版20多年之后，日本《新青年》杂志于1930年和1935年分别将其中的《血帕》和《白玉环》翻译成日文发表，译名为『絕命血書』和『白玉環』，是晚清民国时期非常少见的中国本土侦探小说外译与输出的现象。（图 8-6～图 8-9）

图 8-6 日本《新青年》杂志封面，1930 年（昭和五年）夏季增刊号，标“新选探侦小说杰作集”，刊登吕侠《白玉环》日文翻译『白玉環』（图片来源：华斯比私人收藏）

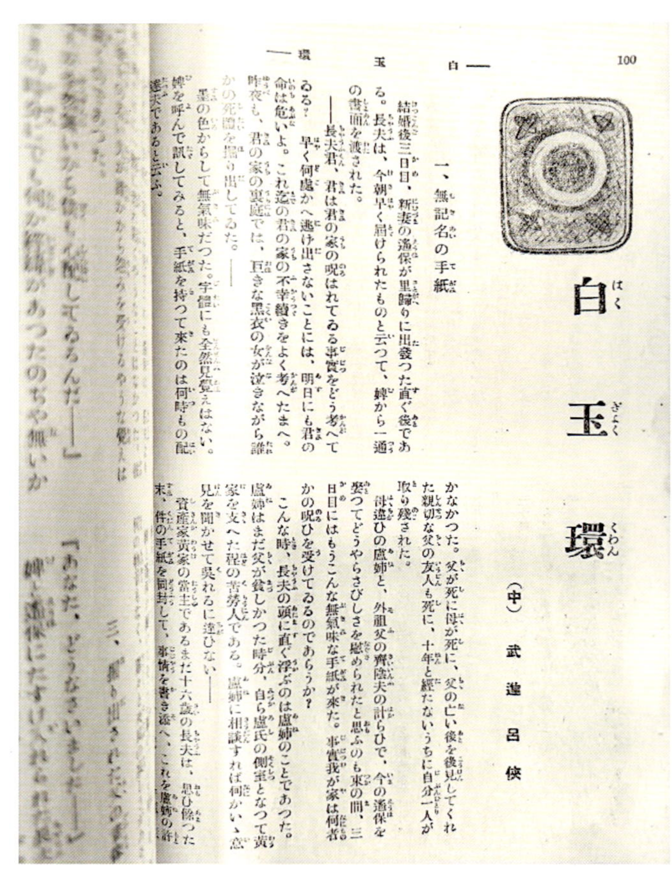

100

白玉環

白玉環

（中）

武進　呂俠

一、無記名の手紙

結婚後三日目、新妻の遙保が里歸りに出發つた直ぐ後である。長夫は、今朝早く屆けられたものと云つて、婢から一通の書面を渡された。

——長夫君、君は君の家の呪はれてゐる事實をどう考へてゐる？　早く何處かへ逃げ出さないことには、明日にも君の命は危いよ。これ迄の君の家の不幸續きをよく考へたまへ。昨夜も、君の家の裏庭では、巨きな黑衣の女が泣きながら誰かの死體を掘り出してゐた。——

墨の色からして無氣味だつた。字體にも全然見覺えはない。婢を呼んで訊してみると、手紙を持つて來たのは何時もの配達夫であると云ふ。

かなかつた。父が死に、母が死に、父の亡い後を後見してくれた親切な父の友人も死に、十年と經たないうちに自分一人が取り殘された。

母違ひの盧姉と、外祖父の齊陰夫の計らひで、今の遙保を娶つてどうやらさびしさを慰められたと思ふのも束の間、三日目にはもうこんな無氣味な手紙が來た。事實我が家は何者かの呪ひを受けてゐるのであらうか？

こんな時、長夫の頭に直ぐ浮ぶのは盧姉のことであつた。盧姉はまだ父が貧しかつた時分、自ら盧氏の側室となつて黄家を支へた程の苦勞人である。盧姉に相談すれば何かいゝ意見を聞かせて吳れるに違ひない——

資産家黄家の當主であるまだ十六歲の長夫は、思ひ餘つた末、件の手紙を同封して、事情を書き添へ、これを盧姉の許

图 8-7 日本《新青年》杂志内文页面，1930 年（昭和五年）夏季增刊号，标“新选探侦小说杰作集”，刊登吕侠《白玉环》日文翻译『白玉環』（图片来源：华斯比私人收藏）

图 8-8 日本《新青年》杂志封面，1935 年（昭和十年）夏季增刊号，标“探侦小说杰作集”，刊登吕侠《血帕》日文翻译『絶命血書』（图片来源：华斯比私人收藏）

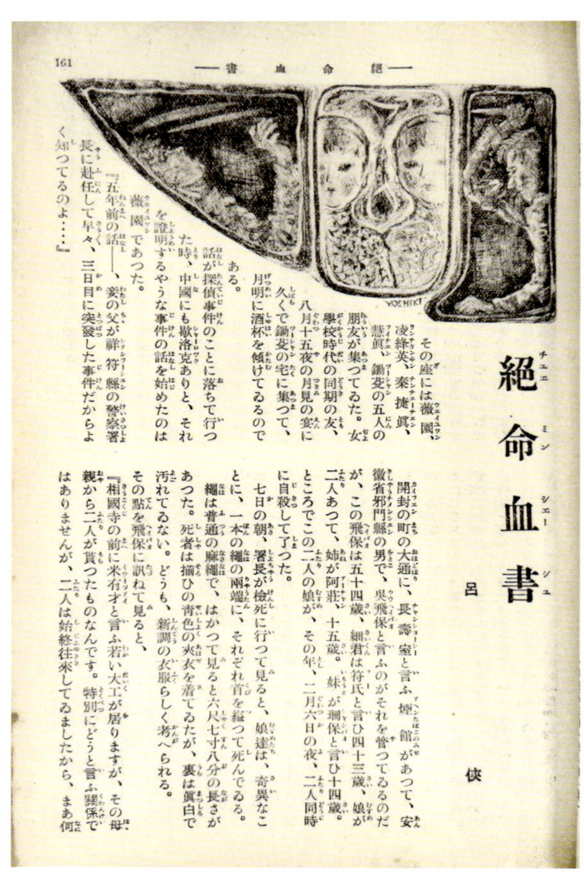

絶命血書

呂俠

その座には徽園、凌絳英、秦捷眞、慧眞、鋤斐の五人の朋友が集つてゐた。女學校時代の同期の友、八月十五夜の月見の宴に久くで鋤斐の宅に集つて、月明に酒杯を傾けてゐるのである。

話が探偵事件のことに落ちて行つた時、中國にも歇洛克ありと、それを證明するやうな事件の話を始めたのは徽園であつた。

『五年前の話——、妾の父が祥符縣の警察署長に赴任して早々、三日目に突發した事件だからよく知つてるのよ……』

開封の町の大通に、長壽室と言ふ煙館があつて、安徽省邪門縣の男で、吳飛保と言ふのがそれを管つてゐるのだが、この飛保は五十四歳、細君は符氏と言ひ四十三歳、娘が二人あつて、姉が阿莊、十五歳。妹が珊保と言ひ十四歳。ところでこの二人の娘が、その年、二月六日の夜、二人同時に自殺して了つた。

七日の朝、署長が檢死に行つて見ると、娘達は、奇異なことに、一本の繩の兩端に、それぞれ首を縊つて死んでゐる。繩は普通の麻繩で、はかつて見ると六尺七寸八分の長さがあつた。死者は揃ひの青色の夾衣を着てゐたが、裏は眞白で汚れてゐない。どうも、新調の衣服らしく考へられる。

その點を飛保に訊ねて見ると、

『相國寺の前に米有才と言ふ若い大工が居りますが、その母親から二人が貰つたものなんです。特別にどうと言ふ關係ではありませんが、二人は始終往來してゐましたから、まあ何

图 8-9 日本《新青年》杂志内文页面，1935 年（昭和十年）夏季增刊号，标“探侦小说杰作集”，刊登吕侠《血帕》日文翻译『絶命血書』(图片来源：华斯比私人收藏)

在当时，还有不少以《女侦探》命名的小说，但并不一定都是侦探小说，比如刘半农的《女侦探》（刊于《小说海》第三卷第一期，1917年1月5日）虽名曰“侦探”，实则是一篇“虚无党小说”（“虚无党”即今天所说的“无政府主义者”）。其实，在清末民初，“虚无党小说”和“侦探小说”在文类上的界限并非那么泾渭分明。学者陈平原就曾指出“虚无党小说既有政治小说之理想高尚，又有侦探小说的情节紧张有趣——实际上其时好多人把虚无党小说和侦探小说混为一谈”，“如题为‘虚无党小说’的《美人手》实为侦探小说；至于《虚无党真相》则又标为‘侦探小说’”（陈平原：《中国现代小说的起点：清末民初小说研究》）。

自从美剧《福尔摩斯：基本演绎法》（*Elementary*）于2012年播出以来，刘玉玲所饰演的女版华生形象就引起了不少讨论，支持者认为如此改编福尔摩斯够大胆，很具有突破性和创新性，反对者则觉得这样实在太胡来，并且有过分迎合性别政治正确的嫌疑。其实，早在民国时期的中国侦探小说中，“男福尔摩斯+女华生”的组合就已经出现了，甚至发展到20世纪40年代，还曾一度出现过“女福尔摩斯+男华生”的侦探组合。

晚清民国时期的中国侦探小说多受柯南·道尔“福尔摩斯探案”系列的影响，其明证之一就是当时很多的中国侦探小说都采取了“福尔摩斯+华生”的侦探—助手组合模式，比如程小青的“霍桑探案”、张无净的“徐常云探案”、王天恨的“康卜森探案”等。而在陆澹安的“李飞探案”系列小说中，侦探李飞一开始是独来独往的学生侦探形象，后来其成年结婚，妻子王韫玉（个别篇目写成“王韫珠”“王蕴珠”）女士则成为了李飞的助手，只不过王韫玉在丈夫李飞破案过程中一般很少表达自己的观点，其作为“华生”更多情况下只是充当了故事记录员的功能。比如在小说《古塔孤囚》开篇，作者即以王韫玉女士的口吻写道：“我以前所记的几件案子，都是李飞亲口讲给我听的。我们俩在蜜月的期内，闲着没事，就借着这记载探案的一件事情，作为消遣。李飞讲一件，我便记一件。”

相比之下，在朱䝙的“杨芷芳探案”系列小说中，侦探与助手之间的关系则更为复杂。一方面，类似于程小青笔下的霍桑—包朗、张无净笔下的徐常云—龚仁之，朱䝙也安排了一个杨芷芳—吴紫云的侦探—助手组合；另一方面，朱䝙还在小说中专门为助手吴紫云设计了一个妻子——励操。其实，在“福尔摩斯探案”故事中，助手华生也有自己的妻子，即在《四签名》中登场的玛丽·摩斯坦（Mary Morstan）。只不过玛丽·摩斯坦在小说中从最开始的委托人和被保护者到后来成为华生的妻子，并不参与到案件侦破与推理的过程之中。朱䝙笔下助手吴紫云的爱侣励操则最终成为参与和见证杨芷芳探案的另一位重要辅助性人物，即“杨芷芳探案”系列小说可以说是采取了“侦探＋双助手（一对夫妻）”的组合模式，也因此在原有福尔摩斯系列小说的基础上，成功植入了言情小说的部分类型元素和特征。

民国侦探小说发展到20世纪40年代，出现了另外两个颇有特色的女侦探形象，即长川的“叶黄夫妇探案”系列小说中的妻子黄雪薇和艾珑的“罗丝探案”系列小说中的妹妹罗丝。更有趣的地方在于，这两个侦探小说系列都采取了“双侦探”的模式，“叶黄夫妇探案”系列小说中是丈夫叶志雄和妻子黄雪薇。其中叶志雄被设定为警察，干练、勇武、随身配枪，是警界的一名得力干将；黄雪薇则由于爱读侦探小说（小说中明确写道：“她对于柯南·道尔的《福尔摩斯探案》发生了浓厚的兴趣。”）而渐渐成长为一名私人侦探家。而在具体处理案件的过程中，长川一反中国传统故事里“夫唱妇随”的基本模式，而是让妻子黄雪薇表露出了更多的侦探才华（如《一把菜刀》《怪信》等），并且有意无意间将黄雪薇的这种侦探才华和女性的纤细、敏感、善于观察等特点联系在一起（如《翡翠花瓶》）。类似地，“罗丝探案”系列小说中哥哥罗文与妹妹罗丝则是一对兄妹侦探组合，不过二人中更有才能的其实是妹妹，因此整个系列小说才取名为“罗丝探案”。而该系列小说的基本情节模式也多是哥哥罗文率先作出煞有介事的推理和“伪解答”，而后妹妹罗丝指出其中的漏洞，并作出正确的推理直至案件告破。甚至在破案过程中，哥哥罗文也经常忍不住请教罗丝：“妹妹，你的观察怎样？可有什么独特的见解？”如果我们将这一时期颇为流行的“双侦探”模式也视为“福尔摩斯＋华生”组合的某种变形（其实说是“双侦探”，但两名侦探的破案能力及其在小说中的地位显然是不均衡的），那么“叶黄夫妇探案”系列小说与“罗丝探案”系列小说则无疑采取了在当时看来更为大胆的“女福尔摩斯＋男华生”的小说主人公组合。

此外，仍值得补充讨论的细节有二：一是在男女侦探—助手的人物组合中，男女之间的关系多为夫妻，或者兄妹。这或许是因为在“福尔摩斯 + 华生”这一人物组合中，助手华生既是侦探破案的好帮手，又是事后整个案件的记录员和讲述者，因而需要经常和侦探保持同进同出，甚至同吃同住，而将“女华生”直接设定为“男侦探”的妻子（王韫玉、黄雪薇）、妹妹（罗丝），或侦探助手的妻子（励操）显然有着情节叙述上的便利性；二是从 20 世纪 20 年代陆澹安的“李飞探案”系列小说、朱猢的“杨芷芳探案”系列小说到 20 世纪 40 年代长川的“叶黄夫妇探案”系列小说和艾珑的“罗丝探案”系列小说，我们似乎能隐约看到一条从作为案情记录员的“女华生”到作为破案主力的“女福尔摩斯”的小说人物性别地位发展线索。但需要注意的是，这种变化并不能简单归因为中国女性地位的崛起或女性主义的胜利，因为我们实在很难说 20 世纪 40 年代中国上海的女性地位比 20 世纪 20 年代要高出多少，尤其还是体现在侦探小说这种通俗流行读物之中。这里小说女性人物地位的上升更多应该归因到侦探小说文类自身的发展，简而言之，即在读者们看多了“男福尔摩斯 + 男华生”之后，也希望侦探小说作品能够不断有所翻新，于是各种性别改写的尝试就相应产生了。因此，20 世纪 40 年代黄雪薇和罗丝等女侦探形象的出现更多是出于一种侦探小说自身翻新的需求和对于读者阅读趣味的满足，而非作者有着更进步的性别政治观念。此外，这一时期“女侦探”的流行或许也多少受到西方侦探小说中陆续出现的一批女性侦探角色的影响。

在民国侦探小说中，除了模仿“福尔摩斯探案”系列之外，效法勒伯朗“侠盗亚森·罗苹”系列小说的作家和作品也为数不少，且自成一脉，比如张碧梧、吴克洲、何朴斋、柳村任、孙了红都有过这方面的创作。而在这些名为“东方亚森·罗苹”的系列小说中，鲁平或鲁宾们往往是独行侠，偶尔需要党羽帮忙，其中也绝没有女性角色，甚至鲁平们所遭遇到的女性也多是有待拯救的柔弱女子，或是让人不寒而栗的“蛇蝎女郎”。而说起“东方亚森·罗苹”系列小说之所以能在民国侦探小说读者中广受欢迎，一方面，自然是因为其中人物的风采、情节的曲折、故事的惊险以及惩强扶弱的“痛快”，而这些元素在勒伯朗的小说原作中已经基本齐备；另一方面，“东方亚森·罗苹”系列小说又在某种程度上和中国古代“侠盗”故事不期而遇，被称为“胠箧之王”的亚森·罗苹本人大概也可以和明代话本小说中的宋四公、“我来也”、“一枝梅”懒龙等“侠盗”形象被视为同一脉络下的人物。而在这一西方侦探小说（勒伯朗“亚森·罗苹”传统）与中国武侠小说（“侠盗”人物形象序列）的交会点上，我们才能够更清楚地来定位和讨论 20 世纪 40 年代曾经一度风靡上海，后来对香港通俗文化影响至深的郑小平的“女飞贼黄莺之故事”。该系列小说虽然明显带有传统侠盗型武侠小说的影子，但同时也延续了“东方亚森·罗苹”系列小说的某些特征，甚至我们可以将“女飞贼黄莺”看作“女版东方亚森·罗苹”，从而考察其主人公形象特征与文本流变。

在“女飞贼黄莺之故事”系列的首篇小说《黄莺出谷》中，黄莺与白鸽、绿燕、紫鹊、黑鸦、灰雀等一班姐妹在卢九妈的飞贼学校中接受特别训练，学成出山，走向社会，惩强扶弱，俨然是沿袭了武侠小说中“学成下山”与“行走江湖”的情节套路。不过这篇小说不同于当时一般武侠小说的地方在于，其并不注重渲染主人公武功超群，反而是极力想通过近可能“科学”的描述，给读者留下普通人“受有特殊长期训练，也许可以试一试”的印象。比如在黄莺“翻身上墙”的描写中，作者就特别通过西方跳高的助跑、借势等体育术语将传统武侠小说中的“轻功”知识化、去魅化。与此同时，这篇小说也巧设悬念，通过一个“真假黄莺”的身份诡计来推动情节发展的一波三折。由此，“女飞贼黄莺之故事”有别于一般武侠小说，而更接近于“东方亚森·罗苹”一类的侠盗型侦探小说。

“女飞贼黄莺之故事”首刊于1948—1949年上海的《蓝皮书》杂志上，共有《黄莺出谷》《除奸记》《一〇八突击队》《铁骑下的春宵》《二个问题人物》《陷阱》《三个女间谍》《川岛芳子的踪迹》《血红色之笔》九篇作品，整个故事从黄莺惩治为富不仁的“米蛀虫”到智斗国际间谍，暗含着从侠盗侦探故事向间谍题材转型的趋势，这一点也和同一时期孙了红的“侠盗鲁平奇案”有着极为相似的发展演变轨迹（“侠盗鲁平”也从在《三十三号屋》中对付囤积居奇、大发国难财的“米蛀虫”到后来在《蓝色响尾蛇》中大战日本女间谍黎亚男）。后来该系列小说于1949年在上海结集出版过单行本，图8-10、图8-11即是该书单行本的封面和版权页。

图 8-10 郑小平：《女飞贼黄莺》封面，环球图书杂志公司，1949 年 7 月再版
（图片来源：华斯比私人收藏）

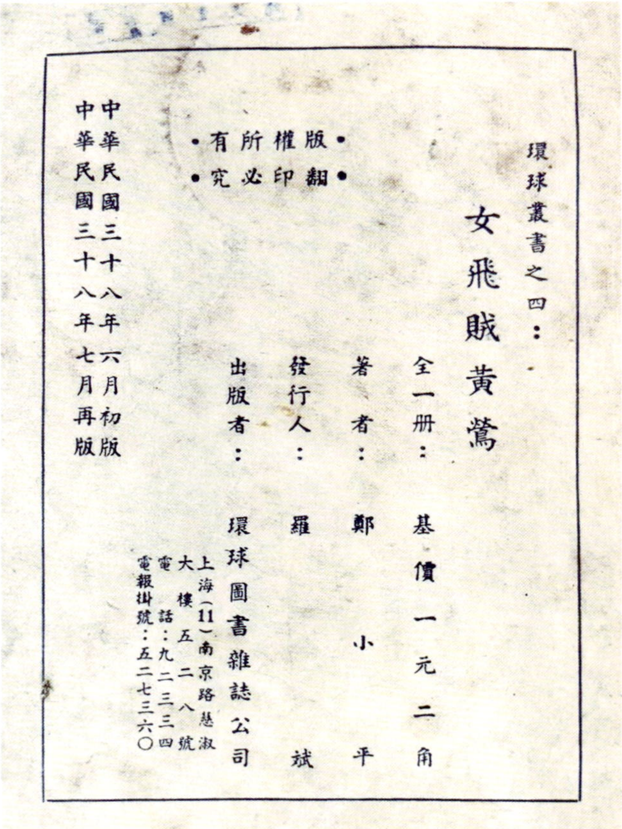

環球叢書之四：

女飛賊黃鶯

全一册：基價一元二角

著者：鄭小平

發行人：羅斌

出版者：環球圖書雜誌公司

上海(11)南京路慈淑大樓五二八號

電話：九二三三四

電報掛號：五二七三六〇

•版權所有•

•翻印必究•

中華民國三十八年六月初版

中華民國三十八年七月再版

图 8-11 郑小平：《女飞贼黄莺》版权页，环球图书杂志公司，1949 年 7 月再版

（图片来源：华斯比私人收藏）

1949 年以后，《蓝皮书》杂志随着其资方环球图书杂志公司一起南迁至香港，“女飞贼黄莺之故事”也随之一并南下。在香港，不仅“女飞贼黄莺之故事”中《除奸记》《二个问题人物》《三个女间谍》《血红色之笔》等当初刊载于上海《蓝皮书》杂志上的作品纷纷以单行本形式出版，而且还出现了《三姨太的密室》《龙争虎斗》《紫色墨水之秘密》《无敌霸王》《黄毛怪人》《白花蛇》《神秘俱乐部》《狐群狗党》《魔爪》《最后的宴会》《烟雾里的玫瑰》《死亡边缘》等一批数量庞大的“续作”系列，其中《龙争虎斗》《黄毛怪人》《死亡边缘》等还相继被改编为电影上映，甚至直接影响到香港后来“珍姐邦”电影（The Jane Bond Films，即“女性邦德”题材）类型的产生，发展势头一时无二。

最后，值得捎带一提的作品还有严阵秋的短篇侦探小说集《女侠侦探》（上海国华书局，1929 年 8 月）。书中共收录了 19 个侦探故事，主要讲述了女侦探棠瑛所侦破的一系列案件。不过这本名为“女侠侦探”的小说集其实有些“名不副实”，书中并没有什么“女侠”形象，主角棠瑛只不过是一名闺阁“女侦探”。其所具备的技能主要有二：一是“善观人意，一言之细，一举之微，在常儿视之毫无关系，而棠瑛则以为自有至理，一加考察，便能明白”；二是她善于乔装打扮，经常扮作公子、老妇或道姑等各类形象前去打探情报。至于其所侦破的案件，也多是围绕在她个人生活周边的盗窃案或谋杀案，人物关系不脱亲友仆役之流。再加之小说以文言写就（这在 20 世纪 30 年代的民国侦探小说中也算另类），大概可以视为对吕思勉《中国女侦探》传统的某种继承和延续。如果我们将这本书和郑小平的“女飞贼黄莺之故事”对比来看，会发现其中颇为有趣或者说吊诡的地方在于，名为“女侠”的侦探小说中其实并没有出现真的“女侠”（我们一般所理解的“女侠”多少要会一点武功，以及做一些行侠仗义的行为），而名为“女飞贼”的小说却活灵活现地刻画出了让一代代上海及香港读者难忘的“女侠”形象。何为侠？何为贼？这种小说名实之间的错位或许也在一定程度上反映出了当时两地市民读者对于社会现实的不满以及对正义的想象。

从少年吕思勉带有民族主义与性别政治想象的《中国女侦探》开始；历经从 20 世纪 20 年代陆澹安的“李飞探案”系列小说、朱翄的“杨芷芳探案”系列小说到 20 世纪 40 年代长川的“叶黄夫妇探案”系列小说和艾珑的“罗丝探案”系列小说的“女华生”到“女福尔摩斯”的演变轨迹；再到 1948 年诞生于上海，却在 20 世纪 50 年代以后风靡香港大众读者市场的“女飞贼黄莺之故事”……晚清民国侦探小说中的女侦探形象虽不如男性侦探数量众多，但仍几乎遍布了当时中国侦探小说的所有“子类型”，如公案侦探过渡性小说、仿福尔摩斯系列小说、仿亚森·罗苹系列小说等。且这些小说中的女侦探，无论是深情如励操、娴静如黄雪薇，还是俏皮如罗丝、果敢如黄莺，都是各具魅力、别有风姿，在中国名侦探的星河中不让须眉，熠熠生辉。

9 “门角里福尔摩斯”

除了侦探与侠盗（福尔摩斯与亚森·罗苹）两条发展脉络之外，民国时期还有一条滑稽侦探小说的文学创作传统颇值得注意。赵苕狂在其主编的《滑稽探案集》（上海世界书局，1924 年）书前提要中曾大力称赞滑稽侦探小说的好处：

小说中，最能开拓人之心胸，引起人之兴趣者，莫如滑稽小说与侦探小说，此已为一般读者所公认。其能兼而有之者，则滑稽侦探小说尚矣。本集所载，皆为诸大名家最近得意之作：一方突梯滑稽，尽诙谐之能事；一方奇诡兀突，穷探案之奇观。诚为近来出版界第一奇书，弥足开人心胸，助人兴趣者矣。全集凡十余案，而一案有一案之格局，一案有一案之精神，尤足耐人寻味云。

图 9-1 赵苕狂像（图片来源：上海图书馆“全国报刊索引”数据库）

这段话虽不免带有“王婆卖瓜”之嫌，但也确实指出了滑稽小说与侦探小说的结合是当时中国侦探小说创作的一种重要特色，而这种创作风格的核心代表人物，正是这本书的主编——赵苕狂本人（图 9-1）。不同于程小青笔下的“霍桑探案”又被称为“东方福尔摩斯探案”，赵苕狂本人就有着一个和福尔摩斯密切相关的笔名——“门角里福尔摩斯”。正如严芙孙所说：“他（指赵苕狂）的小说自以侦探为最擅长，可以与程小青抗手，有‘门角里福尔摩斯’的徽号。”（严芙孙：《全国小说名家专集》，上海云轩出版部，1923 年 8 月）所谓“门角里福尔摩斯”，即指赵苕狂虽然写侦探小说，却总给人一种“角落里”“不起眼”“暗搓搓”的感觉，这也正是赵苕狂侦探小说创作中的滑稽风格所在。

赵苕狂最重要的侦探小说创作当属“胡闲探案”系列，在这个系列小说中，几乎处处可见其有意为之的对于经典侦探小说（从“福尔摩斯探案”到“霍桑探案”）的全面“戏仿”。比如在人物形象上，侦探胡闲选择助手只因为对方是一个跛子：“这位助手，唤做夏协和，是个二十多岁的少年，生得一表人才，但是我所以选取他的，却不在此，实因为他是一个跛子。”（赵苕狂：《裹中物》，《侦探世界》第一期，1923 年）这分明是在恶搞“福尔摩斯探案”小说中的助手华生医生。至于侦探胡闲本人，其实也完全不像是一个侦探。但就是这种“不像侦探”的人物特点，竟然成为胡闲被邀请去查案、最终“变成侦探”的理由：“因此我到你这里来，想把这桩事烦劳你。因为你的外貌绝不像是个侦探，使他见了，不致启疑呢。”（《裹中物》）

胡闲探案的过程，也是让人啼笑皆非。比如侦探胡闲想找一把破门而入的斧头，拿到的却是“一柄锈得什么似的斧头”。又如在勘查犯罪现场时，胡闲忙着模仿福尔摩斯趴在地上寻找头发和指纹，却竟然连“靠墙的地上的一柄手枪”以及“榻下”藏了一个大活人都没有看到，其“眼大漏神”的程度实在让人惊叹。甚至这名侦探连被害人到底是被枪打死了，还是其实“枪子不过在他的左鬓上略略擦了一下，出了一些血，受了一些微伤罢了”都分不清楚。我们当然也就不能指望这样的犯罪现场勘查真的能找到什么有用的证据或线索。但同时我们也需要注意，赵苕狂在“胡闲探案”系列小说中能够如此“游戏文章”，前提在于他对正统侦探小说的熟悉。正是因为他非常清楚当时一般侦探小说——特别是“福尔摩斯探案”小说——的故事套路，才能反其道而行之，在其中制造出笑料，特别是那种能让侦探小说迷们会心一笑的地方。图 9-2、图 9-3 即是赵苕狂 1948 年出版的小说集《鲁平的胜利》的封面与版权页。图 9-4 则是华斯比对于“胡闲探案”系列小说重新整理的当代版本。

和赵苕狂的“胡闲探案”可并称“双璧”的当属朱秋镜的“糊涂侦探案”系列小说。朱秋镜笔下的侦探白芒被称为“糊涂侦探”。而不论从他的绰号，还是姓名来看，这个侦探都显得有点悲催——他为人和查案是糊涂的，而其查案的最后结果也往往只是“白忙”一场。图 9-5、图 9-6 即是朱秋镜小说《糊涂侦探案》1924 年结集出版单行本时的封面与版权页。而图 9-7 为当代的整理本。

一方面，和霍桑、李飞等侦探身上充满了侠义精神或正义感不同，朱秋镜（图 9-8）笔下的侦探白芒的查案动机经常显得不那么纯粹和高尚。比如在小说《破题儿第一遭》中，白芒之所以调查同学林时铫的感情生活，只是因为林时铫考试总考第一，白芒对其心生嫉妒，所以想通过查案“在同学面前出出他的丑，也显得我的侦探手段利害”，这样的侦探调查不仅毫无正义性可言，甚至显得有些龌龊和卑鄙。另一方面，让白芒经常最终“白忙一场”的重要原因还在于整个社会正义伦理的丧失。在很多时候，即便白芒查出了事实真相，也因为当时民国政府不讲

图 9-2 赵苕狂《鲁平的胜利》封面，正气书局，1948 年 3 月出版，标“胡闲探案”
（图片来源：华斯比私人收藏）

趙苕狂著：魯平的勝利　三元四角
凡士探案：雙重謀殺　五元四角
凡士探案：恐怖棋戲　七元二角
凡士探案：神祕大廈　六　元
凡士探案：神祕的包裹　四元八角
凡士探案：水底怪物　四元八角
凡士探案：歌女血案　六元四角
馮玉奇著：雙鎗王　一元五角
偵探名著：縱火惡魔　二元五角
偵探名著：蒙面黨　一元五角
偵探名著：各顯神通　三　元
尚武讀物：俠盜羅賓漢　一元五角

正氣書局出版

民國三十七年三月出版

胡閒探案 魯平的勝利

全一册實價國幣三元四角

著述者　趙苕狂
校閱者　周曉光
出版者　正氣書局　上海山東路二〇九
發行者　正氣書局

電話：九三〇六三
電報掛號　國內五三〇〇六六　國外 CHENCH.B 0

特約發行　天津正心書局　杭州武林書局　廣州興華書局　漢口青黎書局　蕪湖環球書局　開封明善書局　漢口興華書局　徐州新新書局

全國各大書局均有代售

·版權所有·翻印必究·

图 9-3 赵苕狂：《鲁平的胜利》版权页，正气书局，1948 年 3 月出版，标“胡闲探案”
（图片来源：华斯比私人收藏）

图 9-4 赵苕狂：《胡闲探案》单行本封面，华斯比整理，北京联合出版公司，2021 年

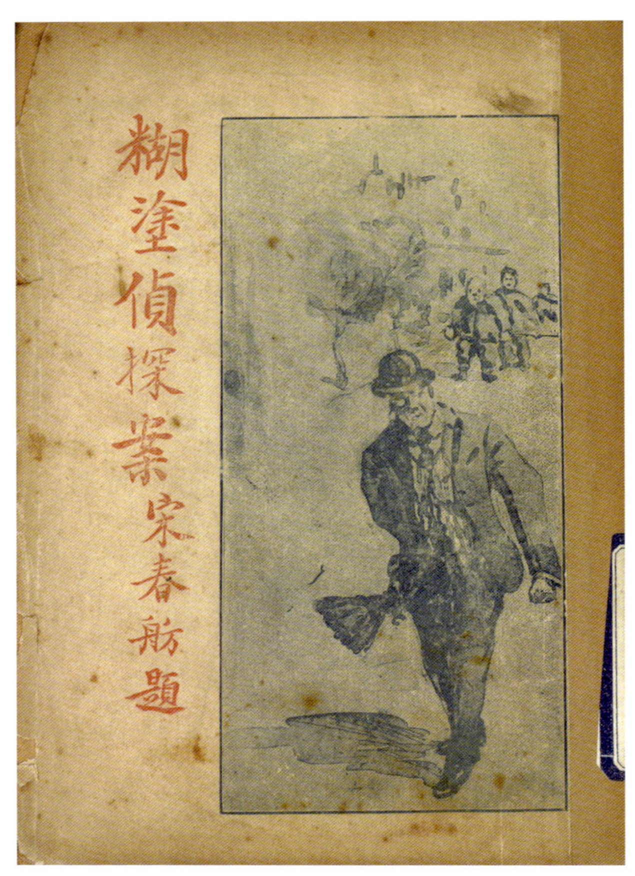

图 9-5 朱秋镜：《糊涂侦探案》封面，上海良晨好友社印刷、发行，大东书局分售，1924 年 2 月出版（图片来源：上海图书馆）

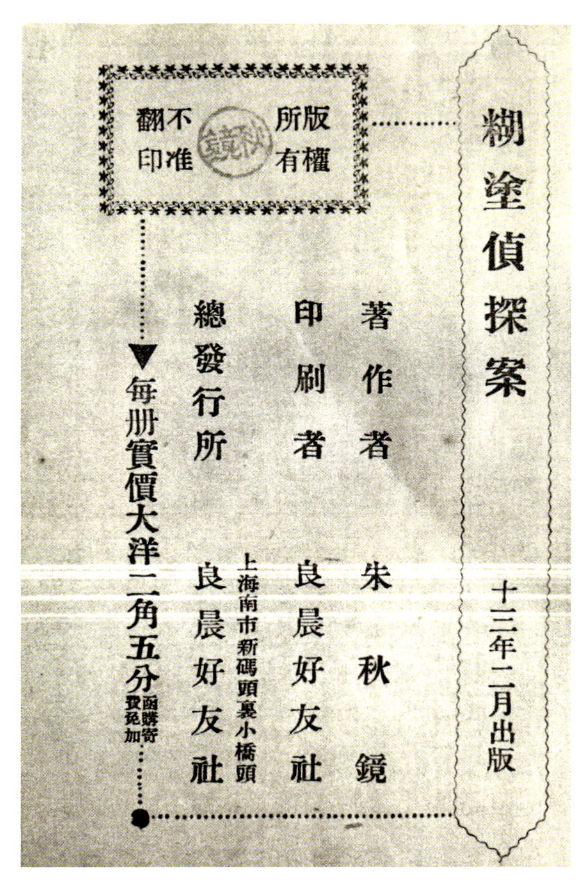
糊塗偵探案

十三年二月出版

版權所有 不准翻印

著作者 朱秋鏡

印刷者 良晨好友社

上海南市新碼頭裏小橋頭

總發行所 良晨好友社

每册實價大洋二角五分 函購寄費免加

图 9-6 朱秋镜：《糊涂侦探案》版权页，上海良晨好友社印刷、发行，大东书局分售，1924 年 2 月出版（图片来源：上海图书馆）

图 9-7 朱秋镜：《糊涂侦探案》单行本封面，华斯比整理，北京联合出版公司，2022 年

图 9-8 朱秋镜像（朱润生）（图片来源：上海图书馆“全国报刊索引”数据库）

图 9-9 徐卓呆像（图片来源：上海图书馆“全国报刊索引”数据库）

证据、滥杀无辜或者钱权交易、买凶定罪等非正义行为而使得案情真相无法大白，沉冤最终也不能昭雪。比如在小说《五个嫌疑党人》中，这本来是白芒难得的一次成功探案，他费尽千辛万苦，终于找到了五个嫌疑犯都不是革命党的证据，但最后却因为政府草草将五个嫌疑人枪毙处理而仍旧逃不开失败的结局，小说由此产生了一种反讽和批判的力量。

此外，民国时期另一位创作滑稽侦探小说的能手就是徐卓呆（图 9-9）。徐卓呆本身就是民国时期的滑稽文学大家，他名字中的

"卓"字取自喜剧电影大师卓别林，他本人也被称为"文坛笑匠"与"东方卓别林"；"呆"字则源自他别号"半梅"，"梅"的异体字写法之一是"槑"，恰好是两个"呆"字的组合，所以"半梅"就是一个"呆"字。此外，高产作家徐卓呆还有很多其他有趣的笔名。比如"闸北徐公"，我们都知道《邹忌讽齐王纳谏》中邹忌那一句逢人便问的"我孰与城北徐公美"，就是我和城北徐公谁比较帅呢？"城北徐公"也就因此成为了一个中国古代美男子的代名词，而徐卓呆自称"闸北徐公"，大概就和我们今天戏称某人为"农村拓哉""青浦吴彦祖"一类的说法差不多，也是一个带有很强玩笑和自嘲意味的笔名。

徐卓呆滑稽风格的侦探小说创作，借用他自己的一篇小说名称，基本上可以概括为"外行侦探与外行窃贼"。侦探作为一种现代社会下的新兴职业，需要相应的诸如医学、法律等必备知识。身为侦探，却缺乏必要的、内行的侦探知识，是徐卓呆这一系列小说的最大特点，其小说的反讽与搞笑也往往由此展开。比如他的小说《小苏州》，在这篇小说一开始，一起连环盗窃杀人案的凶手就已经被捕，福尔摩斯与亚森·罗苹还抓住了前来与凶手接头的同党。但警方和霍桑、李飞、福尔摩斯、亚森·罗苹等中外名侦探汇聚一堂，却都搞不懂凶手与其同党之间交流信息的暗语究竟是什么意思，也就无法找到他们藏匿赃物的地点。最终，是身份处于最底层的、只是跑腿的"小苏州"解决了这个难题。原来凶手所使用的暗语是一种被称为"洞庭切"的"反切"暗语，"乃是我们做白相人的时候应当懂的一种小玩意，不是什么高深的学问"。用今天的话说，作为侦探外行的“小苏州”掌握了某些奇奇怪怪的冷门知识，最后却阴差阳错地破了案，而那些被徐卓呆借用过来的著名大侦探们，却因为缺乏这些民间知识，而始终破不了案。

小说中，“小苏州”在破案后对大侦探们说：“不过这么看来，你们用什么外国的新法来侦探，开口科学、闭口科学，在中国社会上还是不行。不如我一个光棍，倒不费丝毫力量把你们诸大侦探研究不出的秘密居然看出来了。”其中颇有一种本土的、民间的、地方的知识对西方的、现代的、外来的知识的讽刺。而如果稍微严肃地看待这句话，它也提醒我们反思，到底何为“知识”，似乎只有高深的现代医学知识、侦探知识才是知识，而“小苏州”等民间底层的习俗和切口就不被认为是知识了，这种反思也正是徐卓呆这类小说在表面滑稽、戏谑的口吻之下所带给我们的深层启示。

除了上述三位滑稽侦探小说作者之外，民国时期还有一类专门写侦探小说迷因为阅读了大量的侦探小说，而决定出山当侦探的滑稽故事。比如陆澹安的小说《亨利失踪案》就是写一名侦探迷何杜仲看完“一千三百七十八种”侦探小说之后，认为自己掌握了足够的侦探经验，便开始去做侦探，最后结果当然是一败涂地，理想和现实差距实在太远了。借用另一位民国侦探小说作家俞天愤在小说《烟丝》结尾处的说法，“迩来侦探小说充溢于市，少年好事之流，读一二册书，遇事便以福尔摩斯、聂格卡脱自命。予草此篇，亦好为侦探而几败事者质之，世人当知所戒矣”，大意就是现在侦探小说非常流行，有一些年轻人，读过几本侦探小说就以为自己是福尔摩斯了，这实在是应该戒骄戒躁的想法啊。

民国时期的滑稽侦探小说创作，一方面继承了我们之前介绍过的清末民初时期陈冷血、包天笑、刘半农等人“戏仿”福尔摩斯小说的思路；另一方面又不断尝试改写着“福尔摩斯探案”“霍桑探案”“李飞探案”等正统侦探小说的创作模式，从而形成了另一种独特的趣味与风格。从福尔摩斯到“门角里福尔摩斯”，或许是一条有趣且有效的侦探小说本土化路径，也未可知。

10 福尔摩斯连环画

连环画作为一种通俗美术形式，既有对于视觉场景的生动呈现（所谓“画”），又有其自身独特的叙事形式（所谓“连环”）。民国时期出现过大量根据《三国演义》《西游记》等传统小说改编绘制而成的连环画作品，同时也有不少福尔摩斯等外来题材的连环画创作。比如图10-1、图10-2就都是出自何庙云所绘、泰记书局出版的福尔摩斯“同人”连环画《福尔摩斯：真手枪》（后文简称《真手枪》）。这部连环画并非根据柯南·道尔“福尔摩斯探案”系列小说改编而成，而是借着福尔摩斯这个侦探人物所独立创作的同人作品。

连环画《真手枪》故事讲述了定居在新加坡的许家大宅深夜遭人潜入，大姐许佩芳发现窃贼并被枪杀。二弟许炎由此联想到10年前，当时许家一家人还住在纽约时，妹妹许静芳的同学及男友马斯拉逊因为品行不端而被许父终止婚事，因此生恨。后来马斯拉逊成功制造出手枪，自称“黑手枪”党，并在一天晚上闯入许家，打伤许父，盗走地契若干。中间还牵扯出“黑手枪”党杀害许家女婿马祺的一桩命案。而许炎为了抓住真凶，分别求助于福尔摩斯与亚森·罗苹，于是民国时期最流行的侦探与侠盗人物，就在这本小小的连环画册中，再次展开了一番较量。只可惜目前仅见该连环画上册，不知道这次福尔摩斯与亚森·罗苹的智斗，谁才是最后的赢家。

《真手枪》故事里许家10年前的案件发生在纽约，后来的案件发生在新加坡，涉及华人身份、异域文化与跨国犯罪等诸多层面的设定和想象。特别是画面里中与西的混杂颇为有趣，比如图中来自法国的侠盗亚森·罗苹，不仅在新加坡有自己的秘密基地，而且他出场时竟然穿的是中山装。又比如10年前枪击案发生时，福尔摩斯也正好住在纽约，图中就很详细地展示了福尔摩斯办公室的场景。从沙发与桌椅等道具细节来看，这是一个典型的西方办公空间，福尔摩斯也是完全的西式着装和打扮。但这次他的事务所里并没有华生医生，而是有一名穿着中式长衫的华裔男仆，名叫阿桂。更有趣的是，阿桂恰恰是程小青“霍桑探案”系列小说中仆人的姓名（小说中，霍桑的仆人叫施桂，其角色功能类似于福尔摩斯的房东哈德森太太），不知何庙云在此是有意借鉴，还是纯属巧合，因为他确实也曾经画过“霍桑探案”题材的连环画，对于相关小说人物和情节多少有一些了解。

在对于福尔摩斯与亚森·罗苹的人物塑造方面，正如我们之前所介绍过的，无论是柯南·道尔笔下的福尔摩斯与莫里斯·勒伯朗笔下的亚森·罗苹，还是程小青笔下的“东方福尔摩斯”霍桑与孙了红笔下的“东方亚森·罗苹”鲁平，其一定程度上都构成了某种互为对手与镜像的关系。这样一组侦探与侠盗之间的人物关联，在《名侦探柯南》中的工藤新一与怪盗基德那里体现得更加清晰（二人连相貌上都高度相似，后来更是被设定为堂兄弟关系）。而在《真手枪》中，福尔摩斯与亚森·罗苹之间同样形成了一组对称结构，如图10–2所示，二人进入许家大宅探访案情真相，都是借助绳索翻墙越窗而入，如果不是画面上具体标出了人物姓名，仅从图像本身来看，读者根本分不清哪个是福尔摩斯，哪个是亚森·罗苹。

实际上，民国时期福尔摩斯题材的连环画作品并不少见，仅根据《真手枪》一书的版权页信息来看，泰记书局当时起码就有将近20种相关连环画作品问世，比如《福尔摩斯全传》连环画共15案，具体目录如下：

第一案《六〇六》；第二案《九一四》；第三案《大王油》；第四案《怪电车》；第五案《八卦丹》；第六案《万人油》；第七案《一扫光》；第八案《电洋伞》；第九案《电箱》；第十案《电筒》；第十一案《电风扇》；第十二案《电书包》；第十三案《电石》；第十四案《太平村》；第十五案《回国大侦探》。

虽然我们目前并不知道这些连环画故事的确切情节内容，但根据其中大部分作品标题中都带有“电”字，参考同样在民国时期张碧梧所写的“东方亚森罗苹”大战“东方福尔摩斯”的小说《双雄斗智记》中的电气枪等道具，我们不难想象这些福尔摩斯同人连环画或许也多少带有一定的科幻元素。此外，参考版权页上的新书预告信息可知，和这本《福尔摩斯：真手枪》属于同一系列的连环画作品，应该还有《九〇九黑手枪》《亚森罗苹假手枪》《双雄斗智假真手枪》，等等。

《真手枪》的画师何庙云，在民国时期也是一位高产的连环画作者，有将近200部作品，其中尤以抗战题材的《狼心喋血记》《百劫英雄》等最为著名。在何庙云众多的连环画创作中，侦探题材也并不少见，比如《凶犯就是他》（宏泰书局）、《龙虎大侦探》（周家书局）、《侦探十八变》、《雨夜枪声》（1944年）、《神秘毒针》（华商书局，1948年）、《科学侦探》（宏泰书局，1948年）、《海上电石大侦探》（泰记书局，抗战胜利后出版）、《谁是侦探》（抗战时期出版）、《霍桑探案：犬贼》（全球书局，抗战胜利后出版），等等（参见林敏、赵素行编：《现代连环画寻踪：20—40年代》，中国连环画出版社，1993年）。虽然当时何庙云连环画作品众多，但民国连环画保存至今比较困难，侦探题材连环画更是非常稀见，上述绝大部分作品都是只见存目，未见原书。

与何庙云齐名的另一位民国连环画家张龟年也有大量侦探题材连环画作品。如果说何庙云作品中很多都是关于福尔摩斯与霍桑的内容，那么张龟年则更偏向于福尔摩斯与陈查理题材的创作，比如《电案》

图 10-1 何庙云绘：《福尔摩斯：真手枪》（上集），泰记书局出版
（图片来源：华斯比私人收藏）

图 10-2 何庙云绘：《福尔摩斯：真手枪》（上集），泰记书局出版
（图片来源：华斯比私人收藏）

（泰兴书局，1934年，24册，抗战胜利后再版）、《动物园惨案》（泰兴书局，抗战胜利后出版）、《到印度去：福尔摩斯破第六案》（全球书局，抗战时期出版）、《到新世界去：中国大侦探陈查理》（抗战时期出版）、《福尔摩斯》（五福书局，1934年，48册），等等（林敏、赵素行编《现代连环画寻踪：20—40年代》）。更有趣的地方在于，除了烟斗、西装等身份标识之外，不同于何庙云作品中福尔摩斯有着浓密的头发，张龟年笔下的福尔摩斯谢顶情况则显得比较严重（图10-3）。不知柯南·道尔若是看到曾经出现过这么一个形象的福尔摩斯，会作何感想。

最后，值得关注的细节还有图10-1上亚森·罗苹旁边的印章，上面写着“精美连环图租书店”，这提醒我们注意，当时连环画主要的传播与消费方式是“出租”而非“售卖”。据相关研究统计，“从发行状况看，除了零售以外，大约从30年代起就越来越多地出现了出租连环画的形式。解放初期有人统计，那时上海有2546家出租者，每家平均拥有200到350部书，最高的拥有3000部书出租；普通的租书费是当时‘法币’100到200元一本，相当于今天的一分钱到两分钱，由于租阅价廉，每天要有数以万计的读者租阅”（林敏、赵素行编：《现代连环画寻踪：20—40年代》）。在“租书”过程中，一本书被阅读的次数就很容易获得指数级的增长，而民国福尔摩斯连环画的读者人数与影响力，也应该远超过其印量所标注的具体数字。但也是因为不断被人租借、翻看、传阅，加上当时纸张质量有限，所以民国连环画破损程度也

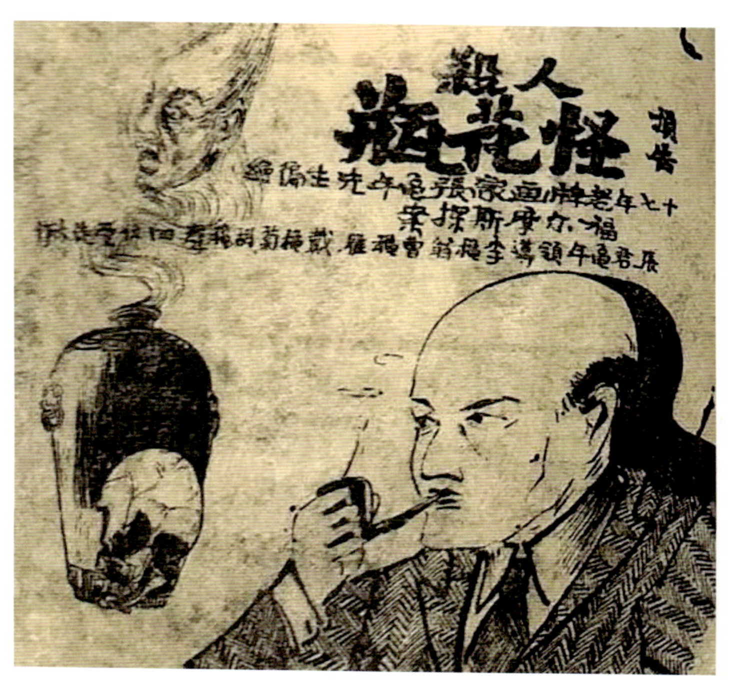

图 10-3 张龟年绘：《杀人怪花瓶》，标“福尔摩斯探案”（图片来源：孔夫子旧书网）

往往比较严重，保存状况并不乐观。

当然，福尔摩斯连环画真正到达创作与出版的高峰还是要等到 20 世纪 80 年代，不同于何庙云、张龟年的同人再创作，20 世纪 80 年代福尔摩斯连环画更多是根据柯南·道尔的小说原著改编而成，甚至很多小说都有不止一个连环画的改编版本。比如同名的连环画《血字的研究》，在 1981 年就有江苏人民出版社和吉林人民出版社两个版本。而《四签名》则有福建人民出版社 1980 年版、江苏人民出版社 1981 年版、朝花美术出版社 1985 年版等至少三个同名版本，以及岭南美术出版社 1981 年出版的《阿格拉宝物》，也是依据小说《四签名》改编而成的连环画。此外，《斑点带子案》《六座拿破仑半身像》《赖盖特之谜》《跳舞的小人》等福尔摩斯短篇小说，也都有着一种或以上的连环画改编版本。“中国连环画的出版发行在八十年代初达到鼎盛时期。1980 年，全国出版连环画 1000 余种，4 亿余册，有些连环画的出版印数高达百万册。1981 年为 2000 余种，7 亿余册。1982 年为 2100 余种，8.6 亿册。1983 年为 2400 余种，6.3 亿余册。”（王玉兴 :《连环画收藏指南》，黑龙江人民出版社，1999 年）根据福尔摩斯小说改编的连环画则构成了其中重要的组成部分。

进入 20 世纪 90 年代乃至 21 世纪之后，随着电视机、日本漫画与互联网的普及，连环画作为一种通俗美术形式逐渐走向没落，变得越发小众。但直到最近两年，福尔摩斯题材的连环画仍旧在不断地被创作、出版或再版。中国福尔摩斯连环画的发展谱系，一直“连环”至今，并未断绝。

11 电影里的福尔摩斯

柯南·道尔的“福尔摩斯探案”系列小说作为世界范围内最广为流行的文学作品之一，很早就受到电影产业的青睐。早在1900年，就已经出现了第一部福尔摩斯题材的短片《福尔摩斯的困惑》（*Sherlock Holmes Baffled*）。现在看来，这段仅仅58秒的短片影像，与其说是侦探片，不如说是奇幻片，片中窃贼瞬间隐身与现身的反复交替出现，并不是为了展示侦探与犯罪者之间的对决，而是一种早期梅里爱式电影魔术与剪辑的炫技。此后，欧美各国拍摄福尔摩斯系列电影的热潮就一发不可收，英国、法国、美国、丹麦、德国（乃至纳粹时期的德国）都拍摄过大量福尔摩斯题材电影，截止到20世纪40年代，总数超过100部，其间跨越了从默片到有声片、从黑白片到彩色片等不同的电影历史发展阶段。甚至出现了巴斯特·基顿（Buster Keaton）的福尔摩斯同人喜剧经典名作《福尔摩斯二世》（*Sherlock Jr.*，1924年），在这部电影中，巴斯特·基顿饰演的电影放映师正是作为一名不可救药的侦探小说迷，所以才产生了成为侦探的“白日梦”，而这种“白日梦”又显然和电影自身的造梦机制深度契合，形成了复杂的文本解读空间。如果我们将《堂吉诃德》的出现视为骑士文学发展到某种程度的反拨，将《包法利夫人》视作罗曼司小说创作过于烂熟的反类型作品，那么《福尔摩斯二世》则同样意味着福尔摩斯小说与电影发展到一定阶段之后的产物。

福尔摩斯电影进入中国的时间也比较早，起码在 20 世纪 30 年代，在国内各主流报刊媒体中，就已经能看到大量关于福尔摩斯电影的广告、讨论与影评文字。为中国电影观众最早熟悉的一代福尔摩斯电影演员当属克里夫·布洛克（Clive Brook）。在 1930 年 10 月 15 日的天津《大公报》上，就已经出现对于他所主演的电影《福尔摩斯复生记》（*The Return of Sherlock Holmes*，现一般译作《福尔摩斯归来》，1929 年）即将“在天升影院与众相见”的影片信息介绍。3 年后，电影《福尔摩斯探案》（*Sherlock Holmes*，现一般译作《福尔摩斯》，1932 年）在国内引起了更大的反响。这部电影改编自威廉·吉列特（William Gillette）的四幕剧本《歇洛克·福尔摩斯》，在当时颇受好评。署名“欲仙”的作者在《评〈福尔摩斯探案〉（*Sherlock Holmes*）》（刊于《电声日报》，1933 年 2 月 21 日）一文中，就称赞这部电影“是一张比较有意思的侦探片”，“表演甚佳，导演称职，摄影美妙，对白过多”。凌鹤在《评〈福尔摩斯探案〉》（刊于《申报》，1933 年 2 月 20 日）一文中则称赞 Clive Brook“饰福尔摩斯，可以说是颇能胜任的”；

反派人物欧内斯特·托伦斯（Ernest Torrence）的“表演，也很可以，他那可怕的脸孔，当然是帮助不少”；但除了这两位演员之外，“其他诸人皆不足道”。

真正在民国时期中国电影观众心中留下深刻印象的福尔摩斯形象还要首推贝锡赖斯朋（Basil Rathbone，现一般译作“巴兹尔·拉思伯恩”）。由他饰演福尔摩斯、尼格尔·布鲁斯（Nigel Bruce）饰演华生的多部福尔摩斯电影，民国时期就被陆续引进国内上映。比如1939年的《古堡魅影》（*The Hound of the Baskervilles*，现一般译作《巴斯克维尔的猎犬》）、《古塔盗宝记》（*The Adventures of Sherlock Holmes*，现一般译作《福尔摩斯历险记》），1943年的《车厢劫》（*Sherlock Holmes in Washington*，现一般译作《福尔摩斯在华盛顿》），1944年的《宝珠血案》（*The Pearl of Death*，现一般译作《死亡珍珠》）、《红铁爪》（*The Scarlet Claw*，现一般译作《红爪子》），等等。图11–1就是《新闻报》1946年5月2日刊登的电影《车厢劫》上映时的广告及剧照，照片中右边的人物即是巴兹尔·拉思伯恩饰演的福尔摩斯。图11–2为电影《巴斯克维尔的猎犬》的剧照，左面人物为福尔摩斯。

贝锡赖斯朋（巴兹尔·拉思伯恩）主演的很多福尔摩斯电影都不是完全依照柯南·道尔的小说原著，而是有着相当程度的改编乃至故事原创。比如《车厢劫》就是一个“二战”背景下发生在美国华盛顿的谍战故事，完全是原创的新剧情；《宝珠血案》虽然依据的故事底本是《六座拿破仑半身像》，但其中的改编幅度可谓大刀阔斧；《红铁爪》的灵

即將公映之貝錫賴斯朋主演「車廂劫」之一幕，圖示福爾摩斯卸裝後與華生博士研究證據時之神情。該片演技極度緊張，爲福爾摩斯諸案之冠。

图 11-1 电影《车厢劫》上映时的广告及剧照，《新闻报》1946 年 5 月 2 日（图片来源：上海图书馆“全国报刊索引”数据库）

图 11-2 电影《巴斯克维尔的猎犬》剧照，左面为巴兹尔 · 拉思伯恩饰演的福尔摩斯（图片来源：互联网）

感来源虽然依稀可见《巴斯克维尔的猎犬》的影子，但这个福尔摩斯远赴加拿大魁北克的故事已经完全可以称得上是“故事新编”。既脱胎于福尔摩斯的经典故事蓝本，又在此基础上进行了更具时代性与国际化的改编，或许是这些电影受到当时中国观众欢迎的原因之一。而罗伊·威廉·尼尔（Roy William Neill）作为20世纪40年代几部福尔摩斯题材电影的导演（主要是《车厢劫》《宝珠血案》《红铁爪》），加之贝锡赖斯朋（巴兹尔·拉思伯恩）与尼格尔·布鲁斯所饰演的福尔摩斯与华生组合，比较固定的导演与主演搭档也一定程度上保证了影片风格的连续和统一。特别是福尔摩斯的饰演者贝锡赖斯朋，在当时被称赞为“不论面貌、身材、举动、声音等演来，恰到好处”（影迷：《福尔摩斯抵沪！》，《沪光》1946年第5期），颇受中国影迷喜爱。甚至在孙了红“侠盗鲁平奇案”系列的《鸦鸣声》一篇中，故事一开场，某公司地下餐饮部的一群年轻女服务员就对鲁平长得是否像贝锡赖斯朋而展开争论。小说中她们拿当时最流行当红的好莱坞小生和鲁平作比较，还时时不忘通过眼神与话语和鲁平调情，鲁平也经常向她们做出电影银幕上常见的“飞吻”手势，似乎在模仿银幕上的福尔摩斯——贝锡赖斯朋。侦探小说与电影之间的有趣互动由此可见一斑。

而在1931年，中国人自己导演、制作、主演的福尔摩斯电影也成功上映，这就是由天一公司出品、李萍倩导演并出演男一号福尔摩斯的影片《福尔摩斯侦探案》，这部电影的拷贝目前已不可见，图11-3即是这部电影的宣传海报。从海报上我们可以看到一些和影片相关的信

图 11-3 电影《福尔摩斯侦探案》(1931 年)海报，天一公司出品，李萍倩导演并主演

息，比如该片由李萍倩执导，邵邨人编剧，李萍倩、陈玉梅、陶雅云主演。除了李萍倩饰演的大侦探福尔摩斯之外，其余片中人物都是中国人。该片还特别为福尔摩斯设计了一名中国女友沈梨云（陈玉梅饰），并以此取代了助手华生的角色。但这部中国本土的福尔摩斯电影当时获得的评价并不算高，一篇署名“乔治”的影评文章就对《福尔摩斯侦探案》（刊于《电声周刊（上海）》，1934 年第 28 期）提出了比较严厉的批评：

这是一部天一公司三年以前的出品。导演是李萍倩，片中的侦探福尔摩斯也是他自己充饰的，利用了化装术，前后扮演长须驼背的老人、面目熏黑的乞丐、乡村老翁、中年绅士等四五个不同的人物。这里还有昔日的陈玉梅、孙敏，他们底表演是那样幼稚，无论导演或是演出方面的技巧都是很落伍的，还有那些活动机关的布景等等，现代的电影观众早已不要看了。

距离李萍倩导演并主演《福尔摩斯侦探案》半个多世纪后，另一部中国本土制作的福尔摩斯电影《福尔摩斯与中国女侠》于 1994 年上映（图 11–4）。这部电影由柯章和、李昌福、王凤奎编剧，刘云舟、王赤导演，北京电影制片厂出品，讲述的是清朝末年，福尔摩斯和华生来中国游玩，入住仙来客栈，不想与清朝官兵、义和团，以及客栈女掌柜白芙蓉之间发生了一系列莫名其妙的战斗。其中福尔摩斯在侠女白芙蓉

图 11-4 电影《福尔摩斯与中国女侠》（1994 年）海报，北京电影制片厂出品，刘云舟、王赤导演

所代表的中国武侠电影传统中显得格格不入（该片导演之一王赤和编剧之一李昌福都是武侠片出身，整部电影也因此带有强烈的传统武侠片的类型风格），片中各种粗糙的人物设计与荒诞的故事走向，令人看罢哭笑不得。我曾经编过一本《福尔摩斯中国奇遇记》，书中收录各种晚清民国时期福尔摩斯来中国的滑稽故事，但论起情节的无厘头程度，却都不能和这部电影相比。

且不论中国本土福尔摩斯电影拍摄的成功与失败。借助电影这种新兴媒介形式，中国观众可以更直观地看到福尔摩斯的人物形象和侦探过程，这对于早期中国小说读者与电影观众来说是至关重要的。甚至直到当下，随着一代代影视剧作品的推出，观众脑海中福尔摩斯的样子也在不断地变化着，从杰里米·布雷特（Jeremy Brett）到“卷福”，不同代际的观众对福尔摩斯的想象都凝聚着自己世代独特的观看记忆。

12 关于福尔摩斯的批判

在1959年《读书》杂志第5期上的"答读者问"栏目中，刊登了刘堃的《怎样正确地阅读〈福尔摩斯探案〉?》一文，作者在文中指出：

十九世纪英国作家阿·柯南道尔所写的《福尔摩斯探案》尽管和当时流行的一些诲淫诲盗的黄色侦探小说有很大程度的不同，但是我们认为它也同样隐藏着极深的思想毒素，这是必须认清的。它的毒素主要的表现在以下两个方面：

一、作品中存在着较明显的资本主义、乃至殖民主义的色彩。评价一部文学作品的好坏，首先要看它总的政治思想倾向。作者阿·柯南道尔在这部作品中，尽管在一定程度上揭露了资本主义社会的黑暗、腐朽和资产阶级的虚伪、丑恶的本质，但是由于他本人的出身（他是一个贵族），和他所处的时代关系，所以他是站在本阶级的立场上，为统治者

答讀者問

怎样正确地閱讀《福尔摩斯探案》？

刘 堃

刘群同志：

来信收到了。你說，群众出版社自从1957年起陆續出版了《福尔摩斯探案》中的《巴斯克維尔猎犬》、《四簽名》、《血字的研究》之后，在讀者中，特别是在广大青年讀者中引起了广泛的注意，而且大家对这些書的認識很不一致。你問，对这些作品应該如何評价，是否可以閱讀，以及应当怎样去閱讀，等等。我認为，这些問題都是很值得加以研究和探討的。現在趁复信的机会，談談我的一些看法。

十九世紀資本主义社会中偵探小說的出現和盛行，并不是偶然的現象，它正是反映了資产阶級的真实趣味、利益和实际"道德"。对于資产阶級的偵探小說，苏联偉大的文学家高尔基曾經指出它是标准的資产阶級的文学。十九世紀英国作家阿·柯南道尔所写的《福尔摩斯探案》尽管和当时流行的一些誨淫誨盗的黄色偵探小說有很大程度的不同，但是我們認为它也同样隐藏着極深的思想毒素，这是必須認清的。它的毒素主要的表現在以下兩个方面：

一、作品中存在着較明显的資本主义、乃至殖民主义的色彩。評价一部文学作品的好坏，首先要看它总的政治思想傾向。作者阿·柯南道尔在这部作品中，尽管在一定程度上揭露了資本主义社会的黑暗、腐朽和資产阶級的虛伪、丑惡的本質，但是由于他本人的出身（他是一个貴族），和他所处的时代关系，所以他是站在本阶級的立場上，为統治者效劳，宣揚資本主义思想，維护資产阶級的法权統治。作品里的主人公——福尔摩斯虽然看来好像是与資本主义社会里的流氓、盗窃、槍杀等罪犯作斗爭，这正是因为这些人都是对資产阶級的統治不利的。在資本主义社会里最大的罪犯应該說是資产阶級和他們的統治者們，正是他們剝夺了广大劳动人民的生活权利，使劳动人民处于貧困和飢寒交迫的境地。但是作者以及他所贊揚的那位大偵探福尔摩斯，却一点也不敢触犯那些"老爷"們，相反的，却忠心耿耿地在为他們服务。对于殖民主义，作者也是抱着頌揚的态度，如在《四簽名》里，把1857年的印度大革命污蔑为"大叛乱"，并把大革命写成是"把全印度变成地獄一般"，"無处不是痛苦、燒杀和暴行"，等等，这些就是很好的証明。

作者还煞費心机地把犯罪的根源归咎于那些犯罪者的本身，而沒有与資产阶級的統治联系起来，好像資本主义社会倒是公正合理的。这显然是荒謬的。

二、作者在作品中極力把福尔摩斯描写成一个神出鬼沒，神通广大，高明超群的偵探家。作者在許多地方都把他神化了，以致使一些幼稚的讀者看了以后，信以为真，甚至处处模仿，企圖向福尔摩斯学習。

請看柯南道尔笔下的福尔摩斯是个什么样的人物：任何复杂、困难的案件，对于这位"老練"而"沉着"的偵探家来說都不在話下。他甚至能够辨認一百种不同的烟灰，并且能够嗅出各种不同的香水的牌号和辨認出各种各样的脚印，……等等。而且他都是"單槍匹馬"、"孤軍奋战"，但又能够百战百勝。这里就給人以这样的印象：好像只有福尔摩斯这样的人物才能够偵察和破獲案件，除此之外，别無他人。他的偵察工作，群众是沒有份的。这与我們的偵察方法恰巧是背道而馳的。我們的偵察工作，在党的領导下，坚决地發动和依靠了群众，采取群众路綫的方法，因而才取得了巨大的勝利。应当認識：偵察工作絕不是什么神秘的东西，脫离政治，脫离群众，偵察工作要想取得成績那是根本不可想像的。相反地，只有破除孤立主义和神秘主义的观点，充分地發动群众，把案情向群众公布，傾听群众的意見，使專門机关的工作与群众路綫相結合，才能破獲案件。为什么偵察工作必須依靠群众呢？因为任何特务、間諜分子、反革命分子和各种犯罪分子都不可能單独存在，他們必須隐蔽在群众之中，而只要他們存在于群众之中，日久天長之后，他們的本来面貌就不可能不暴露出来，他們的一举一动也就会引起群众的怀疑和警惕。一个反革命分子要想瞞过偵察部門还倒比較容易，但要想把所有的群众都瞞过去，那比登天还要难。因此我們的偵察工作一向是批判福尔摩斯式的神秘主义、孤立主义的。这是由于福尔摩斯的偵察方法恰恰与我們的相反。在这个关鍵性的問題上，讀者如果不首先認清，是容易中毒的。这就需要在閱讀《福尔摩斯探案》的时候，对于这些問題特别警惕，免得使毒素不知不覺地滲进自己的思想里。

我們批評了这些書里所含有的毒素，是不是說《福尔摩斯探案》这样的書就一錢不值，毫無閱讀的价值了呢？我認为《福尔摩斯探案》虽然含有严重的資产阶級毒素，但是只要我們能認清了它，思想上引起警惕，并且在閱讀的时候，抱着批判的、謹慎的态度，那就沒有什么危險，沒有什么値得可怕的地方。相反的，毒草可以肥田，反面的东西（这里指有严重錯誤的东西，含有严重毒素的东西）也可以使人們得到教益。例如在《福尔摩斯探案》中，

· 29 ·

图 12-1 刘堃：《怎样正确地阅读〈福尔摩斯探案〉？》，《读书》1959 年第 5 期

效劳，宣扬资本主义思想，维护资产阶级的法权统治。……

二、作者在作品中极力把福尔摩斯描写成一个神出鬼没，神通广大，高明超群的侦探家。……

他的侦察工作，群众是没有份的。这与我们的侦察方法恰巧是背道而驰的。我们的侦察工作，在党的领导下，坚决地发动和依靠了群众，采取群众路线的方法，因而才取得了巨大的胜利。应当认识：侦察工作绝不是什么神秘的东西，脱离政治，脱离群众，侦察工作要想取得成绩那是根本不可想像的。相反地，只有破除孤立主义和神秘主义的观点，充分地发动群众，把案情向群众公布，倾听群众的意见，使专门机关的工作与群众路线相结合，才能破获案件。

刘堃在文中对以“福尔摩斯探案”为代表的西方侦探小说展开了系统性批判，其批判的主要思路有二：一是“福尔摩斯探案”包含有资本主义、殖民主义色彩（侦探查案，很多情况下维护的是私有财产的安全），与社会主义道路之间存在矛盾；二是小说中凸显的是福尔摩斯的个人英雄主义与作为侦探的神秘性，和当时的群众路线背道而驰。相当于在阶级属性与群众路线两个方面，对侦探小说展开了批判和否定。图12-1即是刘堃这篇文章发表时的杂志版面。

刘堃的观点也并非其所独有，正如苏联侦探小说作家阿达莫夫在《侦探文学和我》一书中所指出的，侦探作为资产阶级私有财产和社会秩序的维护者，在社会主义的历史语境中失去了其固有的存在合理性，即“著名的文学工作者斯·季纳莫夫在1935年曾写道：‘侦探体裁是文学体裁中唯一在资本主义社会内部形成，并被这个社会带进文学中来的。对于私有财产的保护者，即密探的崇拜，在这里得到了无以复加的程度；不是别的，正是私有财产使双方展开较量。从而不可避免地是，法律战胜违法行为，秩序战胜混乱，保护人战胜违法者，以及私有财产的拥有者战胜其剥夺者等等。侦探体裁就其内容来看，完完全全是资产阶级的。’”（［苏联］阿·阿达莫夫：《侦探文学和我——一个作家的笔记》，杨东华等译，群众出版社，1988年）而这一观点更早还可以追溯至俄国著名作家和文学理论家高尔基那里，高尔基也曾指出侦探小说的资产阶级审美趣味：“资产阶级喜欢看到窃贼的灵敏和凶手的狡猾正如喜欢看到侦探的精明一样。侦探文学直到今天仍是欧洲吃得饱饱的人们所最喜爱的精神食粮……”

当时国内对于西方侦探小说的批判，也是一种比较普遍的声音。比如丁玲也认为侦探小说不仅格调不高，甚至是颓废庸俗，并将其连同黑幕、言情等几种旧小说一起归入到“文学糟粕”行列之中：“一切是酒后茶余的无聊的谈资。仅仅是这样也还好，可是它还教人如何去调情，去盯梢，去嫖，去赌，侦探小说就告诉人如何杀人灭迹……”类似地，在郭沫若的《斥反动文艺》（1948年）一文中，也将侦探小说划作“黄色文艺”，认为“这是标准的封建类型”，“迎合低级趣味，希图横财顺手。在殖民地，特别在敌伪时代，被纵容而利用着，作为麻醉人民意识的工具”，“作品倾向是包含毒素的东西，一被纵容便像黄河决口，泛滥于全中国，为害之烈，甚于鸦片”。

在1961年10月由中华书局出版的《辞海（试行本）》第十分册“文学”部分中的“侦探小说”词条下，其具体名词解释为：

产生和盛行于欧洲资本主义社会的一种通俗小说。描写刑事案件的发生和破案经过，常以协助司法机关专门从事侦察活动的侦探作为中心人物，描绘他们的机智和勇敢，情节曲折离奇紧张。这类作品多数是品格低下，诲淫诲盗，宣传资产阶级道德观的。著名的侦探小说有英国柯南·道尔的《福尔摩斯侦探案》。

《辞海》中对于“侦探小说”这一词条的相关定义，基本上综合了上述刘堃、丁玲等人此前的观点：一方面，侦探小说在社会主义新中国的话语体系中被认为是资产阶级的、脱离了群众路线的小说类型；另一方面，又在伦理道德层面被判定是诲淫诲盗、会毒害广大人民群众的、品格低下的文学品种。

关于前文所引刘堃对“福尔摩斯探案”所提出的批评，需要补充说明的另一个背景信息在于，20世纪50年代，“福尔摩斯探案”小说的翻译其实并未彻底断绝。从1957年底到1958年期间，群众出版社先后翻译出版了《巴斯克维尔的猎犬》《四签名》和《血字的研究》三部“福尔摩斯探案”小说，具体版次及印数情况如下：

图 12-2 《四签名》封面，严仁曾译，群众出版社，1958 年（图片来源：华斯比私人收藏）

《巴斯克维尔的猎犬》，倏萤译，北京：群众出版社，1957年（1957年10月初版，首印46000册；1958年6月第2次印刷，印数46001—70000册）。

《四签名》，严仁曾译，北京：群众出版社，1958年（1958年3月初版，首印52000册；1958年7月第2次印刷，印数52001—62000册）。

《血字的研究》，丁钟华、袁棣华译，北京：群众出版社，1958年（1958年6月初版，首印65000册）。

也就是说在1949年后，西方侦探小说中最具代表性和影响力的“福尔摩斯探案”系列虽然受到批判，但仍旧曾经部分地被重新翻译并出版过，图12-2就是20世纪50年代“群众版”《四签名》的小说封面。而从小说出版时间与刘堃文章开头内容可知，刘堃所批评的对象和文章写作缘起正是这一次福尔摩斯小说的翻译和出版事件：

来信收到了。你说，群众出版社自从1957年起陆续出版了《福尔摩斯探案》中的《巴斯克维尔猎犬》、《四签名》、《血字的研究》之后，在读者中，特别是在广大青年读者中引起了广泛的注意，而且大家对这些书的认识很不一致。你问，对这些作品应该如何评价，是否可以阅读，以及应当怎样去阅读，等等。我认为，这些问题都是很值得加以研究和探讨的。现在趁复信的机会，谈谈我的一些看法。

进一步来看，1955 年 3 月 4 日的《文化部党组关于处理反动的、淫秽的、荒诞的书刊图画问题的请示报告》中明确提出，对待图书租赁行业中“一般的侦探小说，如《福尔摩斯侦探案》”，基本态度是“保留”，“一律准予照旧租售”。在事件发生的先后顺序上，先是相关政策上同意“保留”，然后才有了 1957—1958 年群众出版社重新翻译、出版“福尔摩斯探案”三部小说，也才有了刘堃后来的那篇批判文章。

陈思和教授在讨论 20 世纪 50—70 年代文学时，曾提出“民间隐形结构”的概念，即在当时的革命叙事内部，往往隐藏着一些传统的民间文学与文化结构，比如《沙家浜》中阿庆嫂、胡传魁、刁德一、郭建光之间的“一女三男”模式，《红灯记》“赴宴斗鸠山”中的“道魔斗法”模式，等等。而在这一时期，“福尔摩斯探案”在受到冲击和批判的同时，也以某种类似“隐形结构”的方式得以保存了下来。比如 1950 年的反特电影《人民的巨掌》结尾处，负责审案的两位公安侦查人员的人物形象与身份设定就颇有意味。其中一名身着西装、口衔烟斗的侦查人员薛科长外型上显然有着福尔摩斯的影子，而另一位身穿小褂、相貌憨厚的侦查人员则是他审案时的助手，且构成了影片中喜剧效果的来源。福尔摩斯与华生的组合在这里再次曲折浮现，图 12-3 即是来自这部电影的剧照。

图 12-3 电影《人民的巨掌》（1950 年）剧照

13 叶永烈与“科学福尔摩斯”

20 世纪 70 年代末至 80 年代初期，叶永烈创作了大量的科幻小说，其中最知名的当属《小灵通漫游未来》，这部小说当时“一下子就印了 150 万册，风行全国”（叶永烈：《是是非非“灰姑娘”》）。而在同一时期，叶永烈其实还写过一系列“惊险科学幻想”小说，总题为“科学福尔摩斯”，其中包括《神秘衣》《奇人怪想》《“杀人伞”案件》《球场外的间谍案》《X-3 案件》《暗斗》《秘密纵队》《黑影》等近 20 篇作品。这些小说陆续在《文汇报》《羊城晚报》《长江日报》《西安晚报》等报刊上连载，后来结集过多种小说单行本或合集出版，还有着连环画、“小说连播”（广播）和电视剧改编，一时间影响较大。图 13-1 就是当时群众出版社推出的 4 卷本小说集封面，收录了该系列中的主要作品。

“科学福尔摩斯”系列小说的故事情节，大体上可以概括为：滨

图 13-1 叶永烈《惊险科学幻想系列小说》4 册，群众出版社，1980—1983 年
（图片来源：华斯比私人收藏）

海市公安局刑侦处处长金明，依靠各种现代科技发明，阻止外国间谍窃取我国技术情报。小说中的“福尔摩斯”指的就是主角金明。参照董仁威在《中国百年科幻史话》中的相关介绍：“金明，在汉语中，与‘精明’读音相似，即为此人精明之意。他的外号叫‘诸葛警察’。诸葛亮是在中国享有极高声望的历史人物，是聪明、智慧的象征。诸葛亮又名孔明。取名金明，这‘明’字也含有取义于‘孔明’之意。至于金明的主要助手戈亮，在汉语中与‘葛亮’同音，也取义于‘诸葛亮’。”由此不难看出，叶永烈在给小说人物起名字时对于谐音的使用和偏爱。而金明在小说中则可谓“无所不能”，他不仅精通各种先进的技术设备，还通晓各国外语和各地方言，无愧于“博士警察”之名。此外，金明还十分注意强身健体，剑术、枪械、潜伏、追踪、抓捕、搏斗，每一项都称得上是高手。

这个系列作品被称为“科学福尔摩斯”，其中“科学”或者说“科幻”的一面主要体现在小说中出现了大量诸如“一种能够放在眼睛里的微型照相机”“毒气香烟”“记忆再现机”“微型窃听发射机”“遥控微型机器人”“脚印显迹水”“登壁鞋”“登壁手套”“潜地艇”“穿壁衣”等高科技作案、查案工具。这些科技道具的想象和叶永烈同一时期创作的《小灵通漫游未来》的“未来城”中各种便民科技发明——比如“飘行车”“电视手表”等——可谓异曲同工。只不过“科学福尔摩斯”系列小说中的科技想象更多是为了推动罪案和破案的故事情节而创设，比如“登壁鞋”“登壁手套”使人穿上之后，爬墙上树，如履平地；“穿壁衣”则可以让人如茅山道士般穿墙而过；“潜地艇”亦如其名，和潜水艇相似，只不过其可以畅游在地下而非水底；等等。小说中犯罪分子或间谍们使用各种神奇的科技发明来窃取情报或实施破坏行为，而金明等人挫败敌人行动的手段也同样是借助其掌握的先进技术设备。于是，侦探与罪犯之间的一轮轮斗智，最终就演变成了敌我双方围绕高科技产品所展开的一场场对决。

叶永烈的这个科幻小说系列以“福尔摩斯”命名，可谓别有意味。正如我们上一篇文章中所说，20 世纪 50 年代以来，以福尔摩斯为代表的西方侦探小说及其资本主义文学属性在新中国的社会主义文化政治语境中受到批判。而此时“福尔摩斯”的再度归来，其实是契合了改革开放后奔赴四个现代化的新的时代主题，与当时追求科技发展，重新肯定个人，特别是科技人才与知识分子等时代话语之间有着深度的内在关联。与此同时，“科学福尔摩斯”系列虽然冠以“福尔摩斯”之名，但其最常见的故事情节还是反间谍，而这恰恰是对于 20 世纪 50 年代反特惊险小说主要情节模式的延续（“反特”即“反间谍”）。更有趣的地方还在于，小说中想象的特务来源并不是哪一个具体的国家或者地区，而是来自一家名为“奥罗斯”的国际财团。凭借叶永烈在给小说人物取名字方面对于谐音的喜好，我们不难看出这个财团所指的其实就是“俄罗斯”。当然，这种关联也并非是毫无依据的猜测。比如在《神秘衣》中，幕后操纵的反派被设定为某国大使，小说虽然没有明确说出是哪国大使，但大使馆武官名为阿辽沙，大使名为谢苗诺夫，其姓名的国籍指涉似乎又不言而喻。进一步来看，在 20 世纪 70 年代中后期，反“苏修特务”的小说一度非常流行，而叶永烈的“科学福尔摩斯”其实在题材上继承了前一个时期的创作，但在思想内涵上又对其进行了改写与反转。

总体上来说，叶永烈的“科学福尔摩斯”系列小说，一方面延续并继承了 20 世纪 50 年代苏联惊险小说与中国反特小说的题材内容，另一方面又对其进行了彻底的去政治化处理。即在这些小说中，对付特务间谍的斗争主体不再是广大人民群众，反倒是特别凸显了公安部门侦查处处长金明的个人英雄主义与卓越破案能力，而让金明成为“中国福尔摩斯”破案如有神助的情节道具，就是小说中无处不在的现代科技设备。在这里，科学技术取代了前一个历史时期的群众动员与反特教育，再次成为去政治化的想象手段，而小说中的科学想象也成为我们捕捉当时文化政治风向的有效切入点。

在“科学福尔摩斯”系列小说中，《黑影》（又名《鬼山黑影》）一篇情节比较特别，它不是关于谍战的故事，而是当时典型的知识分子伤痕叙事。小说讲述了海外归国的科学家在“文革”的冲击中死去，科学家的儿子则穿上科学家发明的“穿壁衣”躲到西南大山之中十余年，后来才被金明等人找到并重新接纳回社会生活。科学家的儿子躲在山里时，被进山从事蚊子研究的工作人员误认作是“鬼山黑影”，等到他再度出山时已经从一个翩翩少年变得须发皆白。这部小说在情节上很有一点《白毛女》的意思，《黑影》后来也被称为“科幻小说中的《苦恋》”

而遭到批判。接下来面对“科文之争”“批判资产阶级自由化”“清除精神污染”等一系列冲击，20 世纪 70 年代末 80 年代初这股中国科幻的短暂春天很快就进入低谷，而叶永烈也从“小灵通”“科学福尔摩斯”等科幻小说写作，转入到了历史人物传记的研究与创作之中。

最后值得一提的是，在“科学福尔摩斯”系列小说推出之后，大量根据该系列小说改编而成的连环画也陆续出版，并相当程度上扩大了小说的影响力。比如仅科学普及出版社广州分社根据该系列小说改编的“科学福尔摩斯”系列连环画前后就出版了 9 种，总印数超过 700 万册。图 13-2 就是科学普及出版社 1982 年根据小说《暗斗》改编的同名连环画，我们根据这些画面可以一窥当时画师对于叶永烈小说中所想象的科技发明的理解与呈现方式。比如上方第 25 页的内容是外国潜艇偷取我国情报后试图逃走，却被金明指挥的电子章鱼用触手所捕获；下方第 36 页图像是金明在进行可视电话通话，而其房间背景则是一个充满了各种仪表设备的中央控制室或联络室。在上方第 25 页图像中，我们能感受到画面内容和好莱坞科幻大片某些场景之间可能存在的关联。而下方第 36 页图像中想象的“可视电话”，竟然还是传统座机电话配上台式电脑显示器，其早已经被我们现在所使用的智能手机在外形简约和便捷程度等方面所超越。或者换句话说，我们今天很多现实中的生活场景和日常用品，在 40 年前的国人看来，可能已经是非常“科幻”的了。

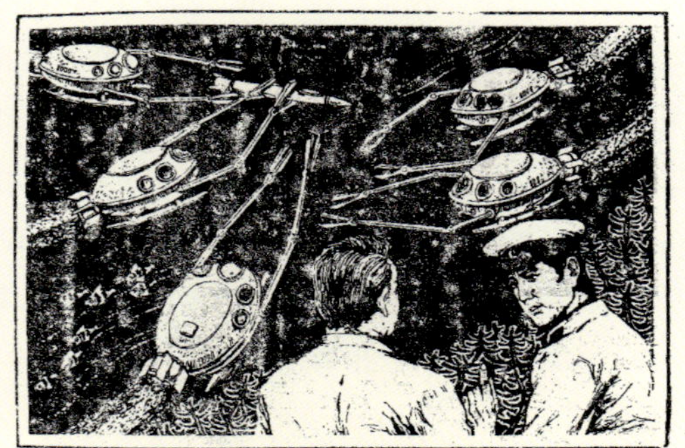

25. 电视屏幕上，五艘海军的微型潜艇向一个象鳐鳐那样的铁家伙扑去……金明认为，这个潜水物是敌人的水下"信使"，它装有自爆装置，如果再捕获，千万不可让它离开水面。这次自爆，可能是由于脱离了水的缘故。

36. 这时，黄机铃响。戈亮把听筒递给金明。李光向他汇报江风理发店的情况："理发店有三十来个理发员，服务对象主要是一〇八造船厂的职工。吴为也经常去那里理发。开始，理发店由曾小法的父亲经办……"

图 13-2 《暗斗》连环画，叶永烈原著，孙雄飞改编，费嘉绘画，科学普及出版社，1982 年 3 月，第 25、36 页

至于说“科学福尔摩斯”系列连环画或许受到同一时期美国好莱坞科幻电影或漫画的影响，倒也不是毫无根据的凭空猜测。比如图 13-3 是根据小说《神秘衣》改编的同名连环画，其中画师对于小说中机器人形象的呈现，就非常接近于美国当时刚刚上映不久的科幻大片《星球大战》中的反派“黑武士”达斯·维达（Darth Vader）。（图 13-4）叶永烈小说中的科技想象指向的是“未来”，而画师呈现这些想象时所流露出来的“图像无意识”却是指向“西方”/“美国”。在这其中，“未来”“世界”与“西方”彼此间的复杂羁绊，呈现出了改革开放初期的某种时代症候性特点。

图 13-3 《神秘衣》连环画，叶永烈原著，钱方改编，王晓明绘画，浙江人民美术出版社，1981 年 8 月，第 38 页

图 13-4 电影《星球大战 2：帝国反击战》（1980 年）剧照（图片来源：互联网）

14 福尔摩斯在香港

20 世纪 50 年代，随着环球出版社、《蓝皮书》、郑狄克、郑小平、“大头侦探探案”、“女飞贼黄莺”系列等出版机构、杂志、作家与作品的相继南下，香港一跃成为中国侦探小说发展的重镇。而在 1952 年 7 月，夏秋冬的小说《靓仔恩二困福尔摩斯》由香港风行出版社出版，小说讲述了在苏格兰场进修了两年的警探“黑鬼广”，仍非侠盗靓仔恩的对手，于是专门从英国聘请了“小福尔摩斯”前来助战。关于这位“小福尔摩斯”，书中介绍道：

此福尔摩斯，实为世界大侦探福尔摩斯之哲嗣，老福尔摩斯早于廿余年前病逝，惟其死前七年，其妻诞一麟儿，是为小福尔摩斯，老福尔摩斯死时，小福尔摩斯为七岁。福尔摩斯弥留时，谓其助手华生曰：“老友，余将离人世去矣，余死后，请助余子，使日后得传我衣钵，而

图 14-1 夏秋冬：《靓仔恩二困福尔摩斯》（上集）封面，香港风行出版社，1952 年 7 月

为世界大侦探。庶几使人知我尚有哲嗣，余于九泉之下，当铭感不已矣。”华生遂依老福尔摩斯之遗言，即训练小福尔摩斯各种侦探技能，及小福尔摩斯十七岁，而华生亦殁。华生临死，嘱小福尔摩斯入苏格兰场求深造，由是小福尔摩斯在苏格兰场，由学员而为探员，凡十年久，其名大振。

小说后续的故事即是关于小福尔摩斯来到香港，与侠盗靓仔恩展开一轮又一轮的较量，其结局亦如当年在法国作家莫里斯·勒伯朗笔下，老福尔摩斯饱受亚森·罗苹的捉弄一样，小福尔摩斯在香港也处处被靓仔恩挫败，出丑不断，直至最后被解雇，一个人灰溜溜地返回英国。图14-1即是小说《靓仔恩二困福尔摩斯》上册的封面。更有趣的地方在于，在该书下册故事结尾处，还预告了小福尔摩斯败走之后，接下来还有“靓仔恩三战陈查礼”的故事，到时估计又有一位世界大侦探要在靓仔恩手里吃瘪了。

这里我们不妨把小说中“小福尔摩斯来香港”视为一种隐喻，即以福尔摩斯为代表的西方侦探小说当时在香港获得了蓬勃发展的契机，并弥散到出版、影视等文化娱乐生活的各个角落。比如在1966年楚原导演的电影《我爱紫罗兰》中，酒店接线生莫尔福在新同事刘大卫刚刚入职时，自我介绍道：“我爸把我的名字改为莫尔福，但我喜欢翻过来读‘福尔莫’，跟福尔摩斯相差仅一个字，我最爱理人间闲事，以后有何奇难杂症，最紧要找我。”后来，刘大卫的确遇到一件怪事，其经常接到神秘女郎李珍妮的电话，并声称自己是其未婚妻。莫尔福果断出手，乔装打扮，展开调查，其间也闹出各种乌龙和笑话。而影片最后，原来是因为女主角几年前所遭受的精神创伤与由此引发的失忆症，从而这个“滑稽福尔摩斯”的悬疑喜剧最终被引向了希区柯克的故事风格之中。值得一提的是，当时在香港，翻拍或戏仿希区柯克电影的确构成了一股潮流，《后窗》《迷魂记》等名作此时都有过港版的“故事新编”，而《我爱紫罗兰》也显然受到希区柯克电影的影响。图 14-2 就是电影《我爱紫罗兰》中莫尔福初遇刘大卫，自我介绍时的场景。

如果说当代香港最知名的本土福尔摩斯改编作品，要首推莫理斯（Trevor Michael Morris）的小说《神探福迩，字摩斯》（台湾“远流”版题为《香江神探福迩，字摩斯》）。不同于 20 世纪 50 年代夏秋冬是将英国的大侦探福尔摩斯（或他的儿子）拉来香港，并发展出一系列的后续故事，莫理斯则是塑造了一个晚清香港本土的“神探福迩”形象，其“字摩斯，满族镶蓝旗人，原籍奉天福中（今沈阳和平区），生于咸丰四年（1854），卒年不详”。“福”字为汉姓，其名“福迩”出自《汉书》“遐迩一体，中外禔福”。据书中介绍，福迩“天资过人，十二三岁便选入了同文馆，后来更远赴海外，先后在东西洋留学多年，精通多国语言”，之后定居香港，职业为“顾问侦探”。而他的助手华笙，字籥瀚（对应约翰·华生，John Watson），家族世代行医，自己更是武进士出身，曾随左宗棠远征南疆时右腿受伤，因此退役，辗转流落香港。二人合住在香港荷里活道二百二十一号乙，经常一起携手查办各种诡谲

图 14-2 电影《我爱紫罗兰》（1966 年）剧照

奇案。看到这些人物设定，读者不难联想起住在伦敦贝克街 221B 的侦探福尔摩斯和助手华生医生。就连香港的福迩闲暇无事时喜欢拉一段胡琴以自娱，也自然是致敬福尔摩斯所擅长的小提琴演奏。

除了人物设定方面之外，小说《神探福迩，字摩斯》（图 14-3）在案情上也颇多对于福尔摩斯探案原典的致敬和改写。比如第一案《血字究秘》就堪称晚清香港版的《血字的研究》（*A Study in Scarlet*），其不仅将原来小说中的死亡留言改成了中文汉字，还将凶手的身份由穿梭于伦敦街头的马车夫改成了香港社会中的一名人力车夫。类似地，后续的《红毛娇街》《清宫情怨》《十字血盟》等篇目则分别对应福尔摩斯小说原作中的《红发会》《波希米亚丑闻》《四签名》等。直至小说第二卷最后一案《终极决战》，福迩与日本间谍头子毛利安艺在长白山瀑布决斗，对应原著《最后一案》中福尔摩斯与莫里亚蒂教授在莱辛巴赫瀑布对决的场景（毛利安艺的名字与莫里亚蒂之间显然也存在着谐音方面的关联）。再到第三卷第一案的《空楼魅影》，则连接到福尔摩斯"归来"之后的第一案《空屋》。

当然，《神探福迩，字摩斯》绝非对于"福尔摩斯探案"亦步亦趋的简单模仿，而是一种极具创造性的"故事新编"。一方面，小说中加入了大量香港的真实地景、粤语方言与地方民俗文化，如果说我们在读柯南·道尔的福尔摩斯探案小说时，可以跟随福尔摩斯的脚步漫游维多利亚晚期的伦敦城，那么在《神探福迩，字摩斯》中，从九龙到新界，从铜锣湾码头到大屿山，也都逐一被纳入到福迩与华笙的查案范围之中，一幅晚清香港地图在小说中缓缓展开。再加上诸如"燕梳"（insurance，保险）、"山域治"（sandwich，三明治）、"姥大琳"（laudanum，鸦片酊）、"沙展"（sergeant，军士、警长）等大量方言词汇，使得小说充满了一种历史年代与香港地方质感。

图 14-3 莫理斯：《神探福迩，字摩斯》封面，北京时代华文书局，2020 年

另一方面，《神探福迩，字摩斯》作为一部侦探小说，当然不乏密室杀人、密码破译、死亡留言、逻辑推理等基本类型元素，福尔摩斯所擅长的演绎法也被香江神探福迩运用得炉火纯青。与此同时，作者莫理斯还在该系列小说中加入了不少武侠元素。比如在柯南·道尔的小说原著中，福尔摩斯与莫里亚蒂教授的生死对决，其对决过程基本上是被一笔带过的。而在莫理斯的香港故事里，这一场景则被发展为更加具体可感的中国宝剑与日本武士刀之间的比武较量，甚至双方的招式、技法、胜算都被反复操练和推演。又如改编自《六个拿破仑半身像》的《八仙过海》一篇中，凶手也变成了八名身份各异的武功高手（分别模仿“八仙”的打扮），而为了一举击败对手，福迩甚至专门从广东请来了黄飞鸿，以“醉八仙拳”击溃了“恶八仙”。

此外，小说中侦探查案的经历，也高度内嵌于晚清中国的社会历史进程之中，从影响全国的太平天国、洋务运动、戊戌变法、甲午战争、义和团运动，到香港地方上发生的英军入侵九龙城寨、新界六日战等历史事件，都构成了福迩与华笙查案的背景或缘起。李鸿章、康有为、康同薇、孙中山、赫德等历史人物也纷纷在小说中登场。这也为我们阅读《神探福迩，字摩斯》提供了第三种“读法”上的可能——其既可以作侦探小说读，也可以作武侠小说读，还可以作历史小说读。

值得特别注意的地方还在于，“香江双侠”和英国大侦探福尔摩斯基本上是同时代人。香港大学魏艳老师曾逐篇比对过莫理斯小说与柯南·道尔原作中案件发生的时间，进一步证明了这种微妙的“同时代性”。比如前文提到过的《神探福迩，字摩斯》中的《血字究秘》和其对应的“福尔摩斯探案”中的《血字的研究》，两个故事就都发生在 1881 年。这提醒着我们，柯南·道尔笔下福尔摩斯活跃的年代，也正是真实历史上严复、梁启超、孙中山等人不断寻求中国发展富强的时期，作为“同时代人”的他们彼此间是否有相遇的可能，或许是另一个有趣的想象与改编方向。对此，日本推理小说作家已经有过不少写作尝试，比如仅以夏目漱石年轻时在伦敦留学期间曾遇到过福尔摩斯为题材的推理小说，就有山田风太郎《黄皮肤的房客》（1953 年）、岛田庄司《被诅咒的木乃伊》（1984 年）和柳广司《我是夏洛克·福尔摩斯》等多部作品，虚构的侦探形象与真实的历史人物相互交织在一起。我们期待着《神探福迩，字摩斯》中香港福迩与华笙故事的延续，也同样期待着严复在英国碰到福尔摩斯，或者梁启超在夏威夷遇见陈查理这一类的“故事新编”。

15 《神探夏洛克》与网络同人文

21 世纪以来，以福尔摩斯故事为原型的同人创作或跨媒介改编佳作不断，仅以影视作品为例，就有根据莱昂纳尔·威格拉姆（Lionel Wigram）同名漫画改编，盖·里奇（Guy Stuart Ritchie）导演，小罗伯特·唐尼（Robert Downey Jr.）和裘德·洛（Jude Law）主演的系列电影《大侦探福尔摩斯》（*Sherlock Holmes*，2009 年、2011 年）；BBC 出品，本尼迪克特·康伯巴奇（Benedict Cumberbatch）和马丁·弗瑞曼（Martin Freeman）主演的英剧《神探夏洛克》（*Sherlock*，2010—2017 年，共四季）；以及约翰尼·李·米勒（Jonathan Lee Miller）和刘玉玲主演的美剧《基本演绎法》（*Elementary*，2012—2019 年，共七季）；等等。

以《神探夏洛克》为例，从原著改编的角度来看，这部剧集将福尔摩斯探案故事发生的历史背景从维多利亚晚期搬到了 21 世纪，很多案件及侦探元素也相应随之调整。比如《血字的研究》中的马车夫被改成了出租车司机；原著中福尔摩斯喜欢发电报而不喜欢写信的习惯，也相应变成了其喜欢发短信而不喜欢打电话。当然其中也不乏编剧对于原著中故事线索的另类新解，比如《血字的研究》中的死亡留言“Rache”，在原著中被解读为德语单词“复仇”，同时强调其并非是某位女士的名字，但在《神探夏洛克》第一集中，案件解锁的方向则恰恰相反。此外，《神探夏洛克》还充分利用电视剧集在视觉上的表达优势，将小说中不可见的“演绎法”与推理过程充分可视化。每当福尔摩斯仔细搜寻犯罪现场并沉浸于推理过程之中时，屏幕上都会以文字的方式呈现出其此刻的所思所想，从而带给观众更为直观的感受和沉浸式体验。

当然，除了原本的侦探推理故事之外，《神探夏洛克》另一个对于观众的巨大吸引力还在于剧中福尔摩斯与华生等角色人物之间的互动关系，并由此引发了大量观众特别是粉丝在言情小说方向上所展开的二次创作热潮。图 15-1 即是出自《神探夏洛克》第一季中的剧照，对于这一场景，粉丝们其实并不关心福尔摩斯与华生究竟在讨论什么案情，或者如何讨论案情，而是对两人之间的“最萌身高差”投以会心的微笑。也有很多粉丝绘制相关同人漫画。（图 15-2）

在《神探夏洛克》的同人小说中，以福尔摩斯和华生这一对人物 CP 最为好“磕”，其中又可以进一步细分为“福华党”和“华福党”，名字顺序的不同代表了粉丝们对于人物关系的不同想象方式。前者以蓝莲花的《协奏、交响与独自沉迷》（后文简称《协奏》）最具代表性，

图 15-1 《神探夏洛克》第一季剧照（2010 年）（图片来源：互联网）

这篇“福花”同人小说最初在“随缘居”上连载，2010 年 10 月 22 日开篇，同年 11 月 30 日正文完结，和剧集播放的时间高度同步。小说故事被设定在《最后一案》发生前后，情节内容亦正如作者所自陈：“故事以狗血言情为主，案件神马推理神马只是调料，要看严谨推理或者对侦探变情圣接受不能的请止步。”在小说形式上，《协奏》“由 N 封电邮、N 篇笔记、1 封信、N 首小提琴曲、与 N 件事组成”，而无论是电邮、笔记、信件，还是私人博客，在叙事形式上皆呈现为第一人称。如果说福尔摩斯探案小说原著中作为第一人称叙事的助手华生视角，是为

图 15-2 粉丝绘制的“福花”同人漫画（图片来源：互联网）

了更好地观察和记录福尔摩斯探案的全过程，那么《协奏》中的第一人称叙事则呈现出更为强烈的私密性与抒情性，也更为直接地表现出华生对于福尔摩斯的深切思念（对应小说标题中的“独自沉迷”）。此外，小说原著及剧集中被放大的另一个人物细节设定就是福尔摩斯拉小提琴，这固然是出自作者个人的偏好，即如其自己所言：“拉小提琴的阿福我最爱，所以他会在这个故事里不断地拉小提琴。”但不同于传统意义上推理查案的福尔摩斯形象（或者是手持放大镜的福尔摩斯形象），主要表现其理性、睿智的一面，“拉小提琴的福尔摩斯”形象，则更多流露出福尔摩斯抒情乃至柔情的一面。

与“福华党”努力塑造福尔摩斯的超人智慧与“霸总”性格不同，“华福党”的粉丝与作者们更愿意表现福尔摩斯性格中骄傲、冷漠、低情商等面向，并由此凸显华生对于福尔摩斯无尽的宠溺与包容，甚至将二者之间的关系建构为“傲娇受”与“忠犬攻”。比如 Draco Holmes 的《贝克街的亡灵》，小说中华生以亡灵的形式陪伴在福尔摩斯身边，一直“紧紧跟在他（指福尔摩斯）身后默不作声”，表现出华生温暖体贴的性格以及其对于福尔摩斯的无限守护。正如小说中华生的内心独白所言：“毕竟除了自己，能理解 Sherlock，并且站在他身边的人实在是太少了。”与之相映成趣的同人小说当属 KATAKAWA 的《离婚》，其借助华生太太的视角，反过来表现福尔摩斯对于华生的长久守护和默默付出，甚至在小说中“福华”之间深厚的 bromance 情谊面前，华生太太也只能选择主动退出这段“三角关系”。

除了福尔摩斯与华生之外，《神探夏洛克》中一直暗恋福尔摩斯的女助手茉莉·琥珀（Molly Hooper），以及小说原著和剧集中都非常抢眼的艾琳·艾德勒（Irene Adler）小姐，也分别和福尔摩斯组成 CP，形成了所谓“福茉党”与“福艾党”。前者的同人创作，比如一只浮云的 *You do count*、蝦蝦蝦蝦的 *The West winds*，后者的代表作则有九号炽天使的《雾都遗梦》等。当然，不同 CP 组合的想象来源也各不相同，比如茉莉·琥珀与福尔摩斯之间的所有互动细节几乎都源自剧集《神探夏洛克》，而艾琳·艾德勒作为小说原著中福尔摩斯口中的“那位女士（The woman）”，则和福尔摩斯之间有着更为漫长的情感羁绊历史。后世关于福尔摩斯的同人文创作，也是混合了小说原著、《神探夏洛克》改编剧集，以及100多年来各种关于福尔摩斯的故事与传说，其中甚至不乏关于同人文所展开的同人再创作。其正如小说《贝克街的亡灵》的作者Draco Holmes所言：“本文的诞生是我在看各种同人文及各种电影后揉杂的产物。”除了围绕核心人物福尔摩斯所展开的同人想象之外，也有不少作者另辟蹊径，比如沫问的《黑伞》，就是围绕福尔摩斯的哥哥迈克洛夫特（Mycroft Holmes）与女科学家安妮之间的情感关系而展开。

当然，关于《神探夏洛克》的同人小说绝不仅限于国内，欧美相关题材的同人创作可谓浩如烟海，其中比如Velvet Mace的*If You can't Stand the Heat*，就由Haiyo翻译并发表于“随缘居”，成为最早进入中文世界的英文ABO同人小说之一。总而言之，无论是《神探夏洛克》对于福尔摩斯探案小说的改编，还是无数粉丝作者对于小说与剧集中不同人物关系的同人想象与再创作，都在不断延续并拓展着整个“福尔摩斯宇宙”。而这些后续的网络同人文在混杂并投射着各种丰富多姿的当代欲望想象的同时，似乎也在告诉我们，关于福尔摩斯的故事，不仅可以“以智服人”，也可以“以情动人”。

16 读福尔摩斯，从娃娃抓起

前面 15 篇文章，简单介绍并梳理了从 1896 年“福尔摩斯探案”系列小说第一次翻译进入到中国开始，一直发展到今天，从文学翻译到模仿创作、从全集引进到戏仿恶搞、从连环图画到电影剧集、从小报媒体到香烟广告、从政治批判到科幻狂想、从香港传奇到网络同人……福尔摩斯不断变换着各种文化样态、媒介形式、文学类型与人物形象，在百年中国的社会历史与文化发展进程中产生了广泛且深远的影响。

其实，福尔摩斯系列小说还有另外一种被阅读的方式，就是作为儿童启蒙读物，相信很多人小时候读的第一本侦探小说就是福尔摩斯的故事，而我在对中国当代悬疑推理小说作家所做的访谈中，也有超过半数的作者就是从福尔摩斯开始接触到侦探推理小说的（战玉冰编著：《在场证明：中国悬疑推理作家访谈录》，上海交通大学出版社，2025 年）。进一步来说，还有很多儿童文学作家和画师以更加生动的、图文并茂的形式来呈现关于福尔摩斯的精彩传奇。比如图 16-1、图 16-2 就是香港作家厉河改编、漫画家余远锽绘画的《大侦探福尔摩斯》系列图画故事书第二集《四个神秘的签名》(改编自《四签名》)中的“登场人物介绍”。这套书几乎把所有福尔摩斯探案小说都改编成了图画故事，此外，还有一些作者自己原创的新故事内容，总共有数十本之多。从本文所选“登场人物介绍”中，我们不难看出，这套福尔摩斯图画故事书采取了将动物拟人化的方式来表现小说人物，比如故事里福尔摩斯是身材修长、穿着黄色风衣、叼着烟斗的狗；华生是戴着紫色领结、脚蹬紫色鞋子、拿着手杖的猫；贝克街小队的领队是一只穿着背带裤的小兔子；苏格兰场警察雷斯垂德与葛莱森则分别是一只猩猩和一只狐狸（名为“李大猩”和“狐格森”）；等等。对于小朋友来说，这种改编方式可能更加亲切、友好一些。大陆引进版还特地加上了“小学生版”的字样，以进一步明确其目标读者。但不要以为“小学生版”“动物拟人”，或者“图画故事书”，就一定是“简化版”或者“低幼版”，这套图画故事书中的一些逻辑推理细节，甚至比柯南·道尔的小说原作还要细致和严谨。比如根据小说《血字的研究》改编的图画故事《追凶 20 年》中，罪犯被捕后竟然批评福尔摩斯“连续使用同一个场景两次”。福尔摩斯与华生此时也才醒悟过来：“他们第一次以广告诱使犯人来取戒指，地点是自己的家，第二次差遣小兔子去叫犯人的马车，也是来自己的家，如果犯人稍微注意的话，就不会上当了。”这的确是小说原著中的一处情节破绽，而图画故事书《大侦探福尔摩斯》则借助罪

图 16-1 图画故事书《大侦探福尔摩斯·四个神秘的签名》中的“登场人物介绍”，厉河改编，余远锽绘画，香港汇识教育有限公司，2018 年（一）

图 16-2 图画故事书《大侦探福尔摩斯・四个神秘的签名》中的“登场人物介绍”，厉河改编，余远锽绘画，香港汇识教育有限公司，2018 年（二）

犯人物之口指出了其中的漏洞所在。

另一个可能更为广大中国读者和观众所熟悉的侦探小说启蒙作品应该是漫画及动画片《名侦探柯南》。从 1994 年漫画在《周刊少年 Sunday》上开始连载，到 1996 年 1 月 8 日动画片在读卖电视台首播，再到 1997 年第一部动画片剧场版《引爆摩天楼》上映，直至今日，《名侦探柯南》已经是一个具备了 1000 余册漫画与动画片剧集、27 部动画剧场版电影，以及包括大量 TV 版动画片、真人影视剧、小说、绘本、广播剧、人物设定集、游戏、展览等在内的系列文化产品，或可称之为一整套文化产业。作为影响了几代人的“少年推理”漫画，《名侦探柯南》和福尔摩斯之间也有着千丝万缕的联系。最直接的一点，其主角人物江户川柯南的名字中就有一半是来自福尔摩斯探案小说的创作者柯南·道尔；而柯南剧场版电影中，至今最为观众所津津乐道的一部可能还要首推《贝克街的亡灵》（2002 年），而这当然也是对福尔摩斯的致敬。

以小孩子作为侦探故事的主角，以侦探小说完成儿童启蒙教育，并非是当代才有。早在 100 年前，民国时期吕伯攸、吴克勤夫妇就创作了大量儿童侦探故事，比如“左林和左陶兄弟系列”“聪儿系列”“福儿系列”，等等。图 16-3 就是这对民国儿童侦探小说作家伉俪的合影。

具体来说，吕伯攸、吴克勤夫妇所创作的这几个儿童侦探系列故事都是以小孩子为侦探主角，年纪也大概和柯南、元太、光彦、步美等人相仿。比如“小侦探聪儿”，“是我邻家的一个孩子，名字叫做聪儿；

图 16-3 吕伯攸、吴克勤伉俪合影（图片来源：上海图书馆“全国报刊索引”数据库）

他现在还在附近的达仁小学校里读书”（《小侦探（一）罐头荔枝》）。同时这些侦探故事的预期读者也都是小朋友（其多半刊登在当时的《小朋友》《儿童世界》《儿童故事》等儿童杂志上），其中的案件也相对比较轻松简单，比如谁偷吃了老师的荔枝罐头？（《罐头荔枝》）谁弄坏了脚踏车？（《脚踏车是谁弄坏的》）或者是为什么屋里的电灯突然灭掉了？（《电灯熄灭之夜》）等。案件绝不涉及谋杀，所谓“犯罪”程度的极限也不过是偷了别人家的狗自己养起来（《来富失踪》）。现在重看这些小说，会觉得大多数都过于简单平淡，远不够精彩。但其中也有一些可圈可点的作品，比如《园里的红玫瑰》借助一起偷花案普及了一个“氯气与水结合产生氯水，具有漂白性”的化学常识，如果将其放在当时的化学教材中，作为引出实验的课前小故事，真是颇为合适。图 16-4 就是这篇小说最初刊载时的插图。又如《奇怪的信》是一个儿童版的“亚森·罗苹式侦探挑战书”，可以说充满了童趣。

其中我最喜欢的一篇，当属《小鸡怎样死的》，它属于“左林和左陶兄弟”系列作品之一，故事讲述的是弟弟左陶以为自己养的小鸡被猫吃了，于是开始打猫，被哥哥左林制止。后经过左林的调查发现，原来小鸡是被风吹动的门板轧死的，小猫只是在小鸡死后衔走了它的尸体。在这样一个简单的日常侦探故事里，既传达了要查明真相再作决定的“侦探职业精神”，又渗透了不要虐猫的动物保护理念，同时还可以和鲁迅的小说《兔和猫》对读，让我们更清楚地了解简单的儿童启蒙故事和深刻的复仇精神之间的差别所在，实在是一个颇为有趣的文本。图 16-5 就是这篇小说最初刊载时的杂志页面。

特别值得一提的是，这些儿童侦探故事的作者之一吕伯攸，同时也是民国时期一名著名的儿童教育家和儿童文学研究者，曾经主编过“小学低年级各科副课本”丛书 100 种，大概类似于现在的小学生课外阅读推荐书目，而他选择创作这些儿童侦探小说，也正是想通过这些有趣的侦探故事，来向孩子们做一些基本的文学教育与科学普及工作。此外，

图 16-4 吕伯攸：《园里的红玫瑰》，《儿童世界》第二十二卷第四期，1928 年
（图片来源：上海图书馆“全国报刊索引”数据库）

第一一七期　　偵探故事　　12

偵探故事

小雞怎樣死的

克勤　伯攸

那天,左林正在書房裏讀一册故事;忽然從門縫裏,隱隱地透進一陣貓叫聲,咪唔咪唔的,叫得很是淒慘.

左林被這一陣叫聲,不覺又觸動了他底好奇心,連忙丟下那册故事,趕快跟着那陣叫聲,一直追踪到了花園裏.

他剛走到假山邊,祇見他底弟弟左陶手裏提着一條棍子,正在儘力地打那小貓.

左林知道那頑皮的弟弟,又在淘氣了;他忙走上去阻住他道:"弟弟,你爲甚麽打它?你聽它底叫聲,多淒慘啊!"

图 16-5 吕伯攸、吴克勤：《小鸡怎样死的》，《小朋友》第一百一十七期，1924 年 6 月 26 日，标“侦探故事”，署名“克勤、伯攸”，属于“左林和左陶兄弟”系列（图片来源：上海图书馆“全国报刊索引”数据库）

据华斯比发现，在吕伯攸参与编纂的《新编高小国语读本》（1939年第四十八版）中，第25、第26两篇文章就是关于“福尔摩斯”的故事，其内容摘编自《四签名》中的第一章“演绎法”，并作了适当删改（比如去掉了福尔摩斯注射可卡因等情节）。而在故事最后，编者还加入了两道思考题：“1.福氏根据哪些事实，推断华生出门时的行动？2.我们可以由原因推知结果，也可以由结果推知原因吗？”（华斯比：《福尔摩斯走进民国高小国语读本》，《北京日报》2024年8月9日第十二版）可见在编者吕伯攸等人看来，侦探小说在启发儿童运用逻辑、理性思考方面，具有着积极意义。而这套“读本”，从“教育部审定”“修正课程标准适用”等标注字样所透露出的权威性，以及其截止到1941年6月至少已出到104版的惊人再版次数，都可以看出其在当时所具备的影响力。

无论是看根据福尔摩斯改编的绘本或图画故事书，还是看《名侦探柯南》的漫画与动画片，抑或是将福尔摩斯探案小说原著作为课外读物，乃至将其直接编入教材，其目的都是培养孩子们在逻辑理性、独立思考、正义勇敢等方面的能力、习惯和品质，在愉快的文学阅读和思维冒险过程中完成基本的启蒙教育。我们可以说福尔摩斯是一个没有超能力的超级英雄，是正义与理性的化身，是神性与人性的结合，其身上具备着理想中现代人所应该具有的诸多素养。而阅读福尔摩斯，正是应该从娃娃抓起。

“福尔摩斯研究”在中国（代后记）

战玉冰、刘臻

一

伴随着柯南·道尔笔下“福尔摩斯探案”小说的流行，西方关于福尔摩斯的相关研究也随之发展起来，一般称其为“福尔摩斯学”或者“福学”。学术性的“福学”最早可以追溯到1902年1月23日，《剑桥评论》发表了题为《致华生医生的公开信》的文章。作者弗兰克·斯奇维克（Frank Schivik）在文章里指出了《巴斯克维尔的猎犬》一书在时间上的错误，而此时该小说还正在连载之中。后来更系统的“福学”研究滥觞于罗纳德·A. 诺克斯（Ronald Arbuthnott Knox）的《歇洛克·福尔摩斯文献的研究》（1911—1912年）。其先是于1911年在牛津大学演讲，后来发表在牛津学生刊物《蓝皮书杂志》（1912年6月）上，1928年又收录在诺克斯的《讽刺随笔》中，之后也被不少“福学”研究文选再版。诺克斯采用的“高等批判”的方法成为后来西方“福学”研究的主要思路之一。

1934年，英国著名“福学”家H. W. 贝尔（H. W. Bell）选编了

《贝克街研究》一书，收录当时经典的“福学”文章。这本书包含多萝西·L. 塞耶斯（Dorothy L. Sayers）的《福尔摩斯的大学生涯》、罗纳德·A. 诺克斯的《迈克罗夫特之谜》、S. C. 罗伯茨（Sir Sydney Castle Roberts）的《歇洛克·福尔摩斯和女性》等。1944 年，贝克街小分队成员埃德加·W. 史密斯（Edgar W. Smith）编辑了文选集《煤气灯下的侧影：有关福尔摩斯私人生活的非正规读本》，由西蒙·舒特公司出版。史密斯随后又编辑了第二本文集《贝克街的四轮马车》，由他的私人出版社活页书房出版。这两本书收到热烈反响，于是他决定编辑一份定期的杂志，即后来的《贝克街期刊》。

根据罗纳德·波特·德瓦尔（Ronald Burt De Waal）在《世界性的歇洛克·福尔摩斯》中的统计结果，截至 1993 年，各类福尔摩斯和柯南·道尔相关的文章、书籍（包括柯南·道尔撰写的各种版本福尔摩斯故事，以英语为主）超过 20000 篇（部）。而明尼苏达大学编制的《福尔摩斯和道尔书目》统计，1993 年至 2007 年间，各类和福尔摩斯以及柯南·道尔相关的文章、书籍（以英语为主）超过 9000 篇（部）之巨。更不用说其在现如今每隔数月还要以几百篇的数量递增。这些文章并不仅仅是发表在“福学”期刊或者俱乐部会刊上的游戏之作，有相当数量的“福学”文章刊登在严肃的专业杂志上，比如《自然》《内科学文献》等。“福尔摩斯探案”系列只有 60 篇小说正典，却衍生出如此数目惊人的研究，实在让人惊叹。而其研究范畴，也绝不仅限于一般的文学研究或文学评论。许多不同学科的专家，无论是社会人文科学领域的，如哲学、逻辑学、历史学、文学等，还是自然科学领域的，如天文学、化学、医学、数学等，都对福尔摩斯感兴趣，并从自己的专业领域入手来展开研究。

二

从国内近5年翻译引进的福尔摩斯研究来看，关于福尔摩斯研究成果的中文译介大概可以分为两个层面：一类是将福尔摩斯侦探小说和生活史、科技史、文化史相结合的流行读物，这一类图书近几年也形成了一个小小的出版热潮。比如《夏洛克·福尔摩斯的科学》（E.J. 瓦格纳著，冯优、林燕译，南京大学出版社，2020年）、《大侦探：福尔摩斯的惊人崛起和不朽生命》（扎克·邓达斯著，肖洁茹译，生活·读书·新知三联书店，2020年）、《福尔摩斯的餐桌：19世纪英国的饮食与生活》（关矢悦子著，徐倩译，生活·读书·新知三联书店，2021年）、《从福尔摩斯到黄金时代：100部经典犯罪小说畅游指南》（马丁·爱德华兹著，金焰译，现代出版社，2021年）、《图解夏洛克·福尔摩斯关键词》（北原尚彦著，方宓译，华中科技大学出版社，2022年）、《推理的现场：福尔摩斯探案故事建筑图解》（北原尚彦著，村山隆司绘，于晓淅译，湖北美术出版社，2024年），等等。这类书在写法上一般是抓住“福尔摩斯探案”小说中的某类物质细节——比如餐饮、住宅、科学仪器等——然后结合维多利亚时期更广泛的日常生活和科技发展等内容展开讨论，其文字比较简明易懂，甚至大多数该类著作的呈现方式都是图文并茂。

另一类是相对艰深的专业学术类书籍。其实很多西方理论家都喜欢拿福尔摩斯与侦探小说举例，作为诠释自己理论研究的例证，比如本雅明、克拉考尔、托多罗夫、皮尔士、布洛赫、齐泽克等。而近几年翻译引进的关于福尔摩斯的学术研究中，有两本书格外值得关注。一本是美国学者斯尔詹·斯马伊奇的《鬼魂目击者、侦探与唯灵论者：维多利亚文学和科学中的视觉理论》（李菊译，译林出版社，2022 年），该书通过以维多利亚时期的视觉文化发展为中介，将当时的自然科学、“心灵光学”“见鬼传说”“鬼故事”和侦探小说联系在一起，勾勒出一幅有趣的文学文化生态图景。在斯马伊奇看来，“鬼故事”基于的是视觉幻觉的不可靠性，而侦探小说则建立在从观察表面可以直抵内心真相的、对视觉经验高度信赖的基础之上，侦探小说在维多利亚时期的流行和颅相术之间存在着某种“同时代性”。另一本是劳伦斯·罗斯菲尔德的《巴尔扎克的柳叶刀：被医学塑造的 19 世纪小说》（汪浩译，科学普及出版社，2023 年），该书并非关于“福尔摩斯探案”小说的专门性研究，而是在更宽广的视阈下讨论 19 世纪现代医学的发展和现实主义、自然主义文学兴起之间的关联。其中第六章“福尔摩斯与对现实主义的扭曲：从诊断到演绎”，则以“福尔摩斯探案”小说为例讨论经过现代医学变革后的认识论装置对于侦探小说这一文类的影响及其局限。当然，关于福尔摩斯研究成果的引进还不只限于专著方面的译介，比如近两年陆续翻译出版的《福尔摩斯探案全集诺顿注释本》（湖南文艺出版社，2021—2023 年），其中的“注释”就可以作为“福迷”们更深入地了解“福尔摩斯”的重要参考和依据。

三

中国本土的“福尔摩斯研究”可以大致分为学院内、外两类，一类是学院内学者的相关研究，其主要围绕“福尔摩斯探案”小说的早期汉译、叙事模式、媒介改编（影视剧）等少数议题展开，学科范畴多集中在文学研究、翻译研究和传播研究等传统学术领域。另一类是在学院之外，一批公共媒体人或读书人在推广和普及福尔摩斯的过程中可谓功不可没。比如美籍华裔作者程盘铭在 20 世纪 80 年代即在台湾《推理》杂志月刊上连载“福尔摩斯研究”专栏，前后共写了 30 多篇文章，从各个不同的角度对“福尔摩斯探案”小说作了比较全面的讨论；作家与出版人詹宏志也写过一篇《福尔摩斯的账单》，从经济学角度讨论福尔摩斯的工作收入与日常生活开销，后来该文收录在詹宏志的《侦探研究》（复旦大学出版社，2012 年）一书中；杨照的《推理之门由此进》（中国文联出版社，2015 年）是作者四次侦探小说演讲文字稿的合集，其中第一讲就是“引发好奇的起点——柯南 · 道尔”；而中国人自己写的第一本福尔摩斯研究专著，则是刘臻的《真实的幻境：解码福尔摩斯》（百花文艺出版社，2011 年）。

简单对比来看，中西方关于福尔摩斯的研究其实存在着较大差异。

一方面，西方严格意义上的“福学”研究有一个基本的假定，即一切研究都是建立在福尔摩斯是一个真实存在的人这一基础之上。而且这位世界上唯一的咨询侦探至今没有去世，因为《泰晤士报》不曾刊登过他的讣告。而那60篇有关福尔摩斯的冒险故事除了4篇人称特殊的作品以外，均出自他的好友约翰·H. 华生医生之手。至于柯南·道尔，他不过是华生的经纪人罢了。在这个意义上来说，国内并没有形成过此类具有规模的“福学”研究，而是更宽泛地围绕“福尔摩斯探案”小说文本与译介传播来展开讨论。

另一方面，中国的“福尔摩斯研究”更关注中国的本土经验与“福尔摩斯探案”小说之间的关系，比如早在1981年，枕书就发表了《福尔摩斯探案中的中国古代传说》一文，在文中讨论元杂剧《赵氏孤儿》中训练狗去袭击他人的情节设定之于《巴斯克维尔的猎犬》所可能产生的影响，可谓别开生面。如何将中国经验注入到福尔摩斯研究之中，生产出新的本土经验、对话机制与问题意识，或许是“福尔摩斯研究”在中国未来发展的一条值得探索的路径。